ねぎ坊の天ぷら

一膳めし屋丸九㊅

中島久枝

時代小説文庫

角川春樹事務所

本文デザイン／アルビレオ

目次

一膳めし屋丸九

主な登場人物

お高《たか》◆日本橋北詰の一膳めし屋「丸九」のおかみ。父・九蔵が料亭「英《はなぶさ》」の板長を辞めて開いた店を、父亡きあとに二十一歳で引き継いだ。三十歳。

お栄《えい》◆四十九歳。最初の夫とは死別、二度目の夫と別れてからはひとりで生活し、先代のときから丸九で働く。

お近《ちか》◆丸九で働く十七歳。仕立物で生計を立てる目の悪い母とふたり暮らし。

徳兵衛《とくべえ》◆丸九の常連。「升屋《ますや》」の隠居で、なぞかけ好き。

惣衛門《そうえもん》◆丸九の常連。渋い役者顔で、かまぼこ屋の隠居。

お蔦《つた》◆丸九の常連。五十過ぎで艶っぽい端唄の師匠。

政次《まさじ》◆お高の幼なじみ、仲買人。妻・お咲との間に二人の子供がいる。

草介《そうすけ》◆お高と政次の幼なじみ。尾張で八年間修業してきた「植定《うえさだ》」の跡取り。

双鷗《そうおう》◆厳しい画塾を開く高名な絵師。

作太郎《さくたろう》◆双鷗画塾に出入りする絵師。英の先代の息子。

もへじ◆双鷗画塾の講師。

一膳めし屋
丸九《まるきゅう》
六

ねぎ坊の天ぷら

第一話　かます、ごまかす

一

気づけば満開の桜はあっけなく散って、早くも葉桜の季節になった。川沿いの柳が芽吹いたと思ったら、近所の垣根のれんぎょうが黄色い花を咲かせ、白山吹《しろやまぶき》がたくさんのつぼみをつけ、季節は早足でめぐっていく。

朝晩の冷え込みがおさまると、日本橋北詰《にほんばしきたづめ》のほど近くにある一膳《いちぜん》めし屋丸九《まるきゅう》に集まる人々も少し変化があった。口数が多くなり、顔つきも穏やかだ。とはいえ、河岸《かし》で働く男たちの食欲は相変わらずで、するりと三杯飯を腹におさめて帰っていく。

今朝も入り口では、お近《ちか》が大きな声をあげている。

「今朝のかますは一夜干し。芋《いも》の煮ころがしに大根の葉と揚げのみそ汁と香《こう》の物。甘味《かんみ》はあずきのぜんざいです」

「ほう、そりゃぁ、楽しみだ」

店が開くのを待っていた男たちが次々と入って来る。

細くすらりとしたかますは、身を開いて塩をふり、一夜干しにしたものだ。品のいい白身魚だから、そのまま焼くと、働く男たちには少し物足りない。だから一夜干しにしてコクを出す。甘じょっぱい味の芋の煮ころがしは山盛りで、みそ汁には大根の葉と揚げをたっぷり入れている。

丸九は、味が評判の一膳めし屋だ。

おかみのお高《たか》は三十になる大柄な女で、肩にも腰にも少々肉がついたが、きめの細かい肌はつややかで、髷《まげ》を結《ゆ》った黒々とした髪は豊かだ。黒目勝ちの大きな瞳は生き生きとしている。

お高を支えるお栄《えい》は四十九。小さなやせた体できびきびとよく動く。細い目に小さな口。その口がときどき厳しいことを言う。

お近は十七。薄くそばかすの散った小さな顔にくりくりとした目ばかり目立つ娘だ。

丸九はお高の父親の九蔵《きゆうぞう》がはじめた店だ。九蔵は両国《りようごく》の英《はなぶさ》という名店の板長だった男だが、十六年前に丸九を開いた。ひとつには病に臥《ふ》せった女房のおふじのそばにいてやりたかったからであり、ふたつには働く男たちのためにうまい飯を食べさせたかったからだ。

その九蔵が倒れ、お高が店を引き継いだのは九年前、お高が二十一のときだ。九蔵が退《しりぞ》いても変わらず店は流行《はや》り、九蔵が心配した通り、お高は嫁にいくこともなく毎日忙しく日々を過ごしている。

丸九は朝も昼も白飯に汁、焼き魚か煮魚、野菜の煮物か和《あ》え物、漬物、それに小さな甘味がつく。凝《こ》った料理は出ないし、めずらしい素材も使わない。けれど、ふっくらと炊きあげた白飯に、香りのいいみそ汁、ほどよく漬かった香の物、江戸っ子好みの甘じょっぱい味つけの煮物やぱりっと皮を焼きあげた焼き物、からりとした揚げ物のおかずが、お客の心をつかんでいる。

ひそかな人気は、甘く煮たあずきや栗《くり》や杏《あんず》の甘煮などの小さな甘味だ。これはお高が九蔵から店を引き継いでから加えたもので、忙しく働く男たちに甘いものでひと息入れてもらいたいと考えたものだ。そのほか、五と十のつく夜は店を開いて酒を出す。もっとも酒の肴《さかな》はごく簡単なものしかない。

店を開けてすぐやって来るのは、夜明け前に漁に出た漁師や葛飾《かつしか》あたりから野菜を運んでくる船頭などだ。みんな腹をすかせてやって来る。

この日は、お高の幼なじみで植定《うえさだ》という植木屋の若棟梁《とうりょう》となった草介《そうすけ》が手下を四人ほど連れてきた。小さいころは色白で頼りなかった草介だったが、今は日に焼けてすっかりたくましくなった。

草介が丸九に手下を連れてくるのは、大きな仕事の前である。太い松の木を植え替える、あるいは築山《つきやま》をけずって池を広げる、さらに一面に紫陽花《あじさい》を植えるなど、体も心も使う仕事の前に腹ごしらえをするのだ。

松の木の根っこのような腕をした若者たちはまだ半分夢の中といった顔をしてやって来るが、みそ汁をひと口飲むと目が覚めるらしい。左手でがしっと茶碗《ちゃわん》をつかむと、丈夫そうなあごでかますの一夜干しを咀嚼《そしゃく》する。甘じょっぱい煮ころがしで二膳目を食べ、お代わりのみそ汁を三膳目のご飯にざぶりとかけてかき込んでいる。

そのころには頰《ほお》は赤く染まり、体がぽっぽと温まってくるのか額に汗を浮かべている。仕上げにぜんざいを食べるころには、仕事に向かう顔になっている。

「おお、兄ちゃん、いい食べっぷりだなぁ」

隣のひげ面《づら》の男が声をかける。

そう言う男も三杯飯を軽々とたいらげ、骨だけになったかますをながめて「食べたもんが力になるんだ」と笑って席を立つと出ていく。

「おお、行くぞ」

先にみんなの分の勘定を払った草介が声をかけると、若者たちはいっせいに立ち上がった。

「いってらっしゃい。気をつけて」

お高は戸口で草介に声をかけた。

「今日は麹町《こうじまち》のお屋敷で植え替えがあるから、日暮れまでみっちり働いてもらわねぇとな。若いやつらはお高さんのところで食っていくと、力が出るんだってさ」

草介は白い歯を見せた。藍地《あいじ》に「定」と白く染め抜いた印半纏《しるしばんてん》の草介の広い背中が、若者たちとともに去っていく。尾張《おわり》で修業をしていた草介は昨年、八年ぶりに日本橋に戻ってきた。思いがけなく想《おも》いを告げられた。草介は誠実で頼りがいのありそうな、よい男っぷりになっていたけれど、お高は色よい返事をすることができなかった。お高にとって草介は、やはり年下の幼なじみなのだ。お高の心にあるのは、絵描きの作太郎《さくたろう》なのだから。

日が昇ると、ひと仕事終えた仲買人《なかがいにん》や仕入れをすませた板前たちがやって来る。朝飯を食べながらひと息ついているわけで、軽口をたたきながら見聞きしたことを伝え合っている。

その中に、作太郎ともへじの姿があった。

ふたりは近くにある双鷗画塾《そうおうがじゅく》で学んだ絵描きである。すでに他界している森三《もりぞう》と双鷗画塾の三傑と将来を嘱望されたこともあったそうだが、もへじは師匠である双鷗の仕事を手伝ったり、手間仕事をこなしながら、のんきに好きな絵を描いている。

作太郎はさらに、何をしているのか分からない。陶芸を学ぶといって地方の窯《かま》をたずね、江戸に戻って来ると双鷗の手伝いをしている。お高の父の九蔵が板長を務めていた両国の英の跡取りだと知ったのは、後になってからだ。

その英はつい先日、身売りした。おかみのおりょうのもてなしに定評があったが、ずいぶん前から商いに陰りが見えていたらしい。

作太郎は跡取りといっても妾腹《しょうふく》であるとか、義妹と聞いていたおりょうがじつは許嫁《いいなずけ》であったなど、英のひみつをお高は次々知ることになった。

不器用なほどまっすぐな、楷書《かいしょ》の女がお高である。

幼なじみで仲買人の政次《まさじ》などは、あんな男はやめろ、やめろと言う。手に余る人ではないかと、お高自身も思わぬこともない。

それはお高がひとりになったとき、ふと思うことで、作太郎の顔を見れば、そんな逡《しゅん》巡《じゅん》はたちまち霧散してしまうのだ。

「ああ、一夜干しですか。いいですねぇ。私はこの食べ方が一番好きだ」

作太郎は目を細めた。そうすると目元にきれいなしわがよった。それは、年とってできるしわとは違う、繊細で清潔なしわだった。すらりと長く、形の良い指が箸《はし》を巧みに扱ってかますの身をほぐし、口に運ぶ。

ひと口ひと口を味わって、うまそうに食べる。食べることが心底好きなのだと感じさせた。

お高は初めて作太郎が店に来たときから気になっていた。

日に焼けた朝黒い肌に黒い瞳で、やせて力のありそうな体をしていたが、市場で働く男たちとも、日本橋辺りの商人のようにも見えなかった。

――手になじむ、いい器《うつわ》を使っていますね。

作太郎は器をほめた。飯や料理のことを口にする人は多いが、器に目をとめる人はいなかった。その茶碗は白地に藍色の線が入った、すっきりとした姿をしていた。持ちやすく、使いやすく、ご飯がたくさん入るようにと、九蔵が瀬戸《せと》の窯元に注文して焼かせたものである。

それから作太郎は何度も丸九にやって来た。

そして、ある日、お高のために焼いた飯茶碗を送ってくれたのだ。

白い土で薄青い釉《うわぐすり》がかかった飯茶碗は少し厚手で、女にしては少し大きなお高の手にぴたりとあった。お高は毎日その茶碗で飯を食べる。そのたび、作太郎を思う。

茶碗には、なにか特別な意味があるのか。

ないかもしれない。あるのかもしれない。

あれこれと出来事があって、作太郎とお高はずいぶんと親しくなっている。誘われて寄《よ》席《せ》に行ったり、食事をしたりする。親密な空気が流れていると言ってもいい。

そうなると、かえってお高は作太郎の心が計れなくなる。そんなとき、茶碗を手に取る。

重さや形を確かめてほっとする。

そんなお高の気持ちを知ってか知らずか、作太郎ともへじは気持ちのよい食欲を見せていた。

「かますってやつは体は細いのに、口がでかいな。歯も鋭い。小魚かなんかを追いかけて食っているんじゃないのか。すばしっこそうな体をしているよ」

もへじは懐《ふところ》から紙と矢立てを取り出して写生をはじめそうな顔でかますをにらんでいる。

「絵に描かれるんでしたら、まだ、丸のかますがありますけれど、持ってきますか」

お高が思わずたずねる。

「いやいや、いいんです。大丈夫。とりあえず、今は飯を食います」

もへじも箸を進めた。

ふたりが帰って厨房《ちゅうぼう》に戻ったお高は、小さくため息をついた。

「どうしたんですか。そんな悩ましげな顔をして」

お栄がたずねた。

「だって、作太郎さん、これからおりょうさんのことで深川《ふかがわ》の料理屋に行くんですって」

おりょうは、作太郎に代わっておかみとして英を守ってきた人だ。

「今度、移る店でしょう。挨拶《あいさつ》があるんじゃないんですか」

「そうじゃなくてね」

自分の胸におさめておくつもりだったが、お栄の顔を見たら黙っていられなくなった。

「おりょうさんが自分で決めてきた店だけれど、話を詰めてなかったらしいの」

――おりょうは自分のことは自分で決めるから心配しないでくれと言っていたんだ。だけど、よくよく話を聞いてみたら、どういう立場になるのかまるで分からないんだ。給金はどうするんだと聞いたら、それも決めていないという。それじゃぁ、女中かもしれないじゃないかと叱《しか》ったら、それでもいいんだなどと言いだす。

作太郎はほとほと困り果てたという顔をした。

「妙なところで意地を張る。だけどね、やせても枯れても、英のおかみだったんだ。おりょうがいたから、英はここまで保《も》った。そこをちゃんと分かってくれる店に行かなかったら、自分が辛《つら》い思いをするだけじゃないかって心配しているのよ」

「いいじゃないですか。そうやって人のために動けるっていうのは、立派なことですよ」

鍋《なべ》をかき混ぜながらお栄が言う。

「そうだよ。作太郎さんってなんだか、ちゃらんぽらんな人かと思っていたけど、案外、骨があるよね」

お近まで偉そうに口をはさむ。

「だけど……」

わざわざ、そういうことを自分に断らなくてもいいではないか。

自分にとっておりょうは妹のようなものだと、作太郎は言ったことがある。

それはつまり、昔に戻る気持ちはないということだ、終わった話だと、お高は理解した。

とはいえ、華やかな美しい人である。

作太郎の口からおりょうの名前が出ると、お高は心穏やかではいられなくなるのだ。

「そういうのを欲って言うんですよ。女は欲深いですからね。作太郎さんはやさしいし、お高さんに気を遣ってくれてますよ。なんで、それで十分だと思えないんですか」

お栄がたしなめた。


昼近くなると、近所のご隠居たちがいそいそとやって来て奥の席に陣取る。

惣衛門《そうえもん》は老舗《しにせ》のかまぼこ屋の隠居で、銀髪に鼻筋の通った役者顔である。一方、酒屋の隠居の徳兵衛《とくべえ》はころりと丸い体つきにたぬき顔。かつて深川芸者でならし、今は端唄《はうた》師匠をしているお蔦《つた》が華を添えている。

この日は、お栄の古くからのなじみのおりきと、その「いい人」である鴈右衛門《がんえもん》が加わった。鴈右衛門は日本橋で通人《つうじん》好みの煙草《たばこ》入れを扱う店の主《あるじ》だった男で、今は息子に店を譲り、隠居の身だ。

「おや、今日もまたおふたりで、仲のよいことで」

徳兵衛が冷やかすような言葉をかける。

「はは。最近はこちらでご飯をいただかないと、なんだか、忘れ物をしたような気がするんですよ」

　鴈右衛門がゆったりとほほえむ。禿頭《とくとう》に丸い体、穏やかそうな目をしている。

「おや、今日はかますの一夜干しですね」

　お高が運んできた膳を見て、惣衛門が言う。

「ああ、うれしいなぁ。私はかますが好きなんですよ。皮がぱりっとしてね、中の身はしっとり。なかなか、家じゃ、こんなふうに焼けないんだ」

　鴈右衛門が目を細める。

「あら、そんなことないわよ。このかますはお栄さんが焼いたんでしょ。大丈夫。あたしが今度、もっと上手に焼いてあげるから」

　おりきはお栄にだけは負けたくないと口をとがらせた。

「まぁ、まぁ、おふたりさん」

　惣衛門がなだめる。

「お、そうだ。久々になぞかけといこう」

　徳兵衛が言うと、「おお、楽しみだ」と鴈右衛門が続ける。

「かますの一夜干しを焼くときとかけまして」

「ほう、かますの一夜干しを焼くときですか……」

惣衛門が続ける。

「うちの女房の掃除ととく」

「おやおや、奥方様をだしにして大丈夫かい？」

お蔦がふうわりと笑う。

「その心は炭（隅）が大事です。お清《きよ》はね、きれい好きなんだ。部屋の隅まできちんと掃除をする」

みんなはほっとして笑顔になった。

惣衛門たちが来る時間はお客もまばらで、厨房でもひと息つける。お高たちは床几《しょうぎ》に腰をおろした。

「おりきが偉いのはさ、ほしいものに手を伸ばして、ちゃんとつかむってところだね。やっぱり、幸せになろう、楽しく生きようって思いが強いんだよ」

お栄がしみじみとした言い方をした。

ふたりはかつて同じ居酒屋で働いていた。おりきは店で知り合った小間物《こまもの》屋の後妻となり、小間物屋が死んだあとは小さな店をもらって暮らしていた。

気持ちの若いおりきは、恋にも前のめりだった。

これはと思う男に会うと茶でも飲もうと誘い、買い物の相談にのってほしいと頼む。あれやこれやと理由をつけて近づいていくのだ。まだふたりで会うには早いというような相手の場合、お栄もいっしょにと誘われた。おりきの引き立て役にいいと思われていたらしい。

　雁右衛門はめずらしく、向こうからおりきに近づいてきた。年こそ離れているが、やさしくて父親のような包容力がある雁右衛門は、少々わがままで気の強いおりきにぴったりの相手ではなかろうか。

「おりきさんは自分が何をほしいのか分かっているんだよね」

　白湯《さゆ》を飲みながら、お近が言った。

「そうだねぇ。まぁ、ここまでくるにはいろいろ失敗もあったけどね」

　昔を知っているお栄は言葉を濁《にご》す。

「お近ちゃんは、どういうふうになりたいの？　やっぱり、いい人を見つけてお嫁さんになりたいの？」

　お高がたずねた。

「そこなんだよねぇ。嫁にいきたい気もするけど、うっかり変なところの嫁になったら大変じゃないか。お舅《しゅうと》さんやお姑《しゅうとめ》さん、旦那さんに気に入られるようにしなくちゃいけないんだろ。あたしは、そういう窮屈な家は困るんだよ」

「まぁ、そうだねぇ。あんたは雑巾《ぞうきん》の絞り方から間違っているから」

　お栄がすかさず口をはさむ。

「ほら、だからね、そういうことを言われるのが嫌なんだ」

お近は口をへの字にした。

「だけど、ひとりで生きていくのも大変よ」

「うん。それは、おっかさんを見てるからよくわかるよ。一日、朝から針仕事をしても稼ぎにならないいんだ。かといって、お高さんみたいに店を回していく度量もないしさ」

「ああ、まったくだ」

お栄がうなずく。

「どっかにさぁ、うるさい舅姑がいなくて、お金もそこそこあって、あたしの好きにさせてくれるような人がいないかね」

お近が言えば、お栄が鼻をならす。

「あんたねぇ、そんな都合のいい男がいるもんかね。もし、いたとしてもさ、そいつはあんたを選ばないよ」

「そうなんだよねぇ」

お近はめずらしく悲しげな顔になった。

惣衛門たちのかます談義は続いている。お高は新しい茶を持って行った。

「そういえば、かますは漢字では『魳』と書くんですよ。ぶりは『鰤』。同じ字になってしまうから、ツクリのほうを取ったんだそうですよ」

　鴈右衛門が学のあるところを見せる。

「師匠の『師』か。ぶりはお師匠さんで、かますは若先生ってところかな」

　徳兵衛が笑う。

「王師《おうし》なんて言いますから、『師』には闘いの意味もあるそうですよ。かますは案外、気が強い魚なんだ」

　鴈右衛門がさらに深いことを言う。

　突然、惣衛門が小さく「あっ」と叫んだ。

「なんだ、どうしたんだよ。脅かすなよ」

　徳兵衛が振り向いた。

「いえね、昨日、女房に言われたんですよ。あなたのお気持ちは『ぶり』だと思っていたら、『かます』でした、って。どういう意味だか分からないけど、なんだかひどく怖い感じがした。今の話で気がついたんだけど、なんか大事なものが抜けていたってことじゃないだろうか」

「まぁた、惣衛門さん、なんか、こっそり悪いことをしてたんじゃないの」

　お蔦がからかう。

「惣衛門さんに限ってそういうことはありませんよ」

お高が惣衛門の肩を持った。惣衛門と女房のお冬《ふゆ》は仲がいい。口数の少ない、おとなしげな人だが、惣衛門をしっかりと支えている。

「いや、じつはね、三十年ほど前、所帯を持って三年ばかり過ぎたころ、お冬があたしに言ったんですよ」

――あなたは別の方を想っていらっしゃるから。

「昨日、お冬があたしにぶりだ、かますだって言ったときの目が、そのときと同じなんですよ。あたしは何をしでかしたんでしょうねぇ」

惣衛門がぶるぶると震えて見せたので、一同は笑う。

「聞き捨てならないわねぇ。そのとき、本当に別の方を想っていたんですか」

おりきがたずねた。

「いやいや、違いますよ。断じて、そんなことはありません」

惣衛門は大まじめに答える。

「いや、いたね。いたよ。女ってぇのは勘が鋭いからね。言わなくても分かるんだ」

徳兵衛が断言する。

「はは、初々《ういうい》しい焼き餅だ。こういうのも惚気《のろけ》って言うんですかねぇ」

鴈右衛門が笑う。

「分かってないねぇ。手も握らない、声もかけない。ただ遠くでながめて心で想っている。

そういうのが、女は一番嫌なんですよ」

お蔦が叱る。

あれやこれやとみんなが言いだして、また騒がしくなった。

客たちが帰り、店を閉めて片づけていると裏の戸をそっとたたく者がいる。開けると、惣衛門だった。

「あら。お忘れ物ですか」

「いえ、そうじゃなくてね。ちょっと聞いてもらいたいことがあって」

「まぁ、そうですか。私でよければ、ちょうどひと休みしようと思っていたところなんです」

お高は店に誘い、床几をすすめた。

「はは……。まぁ、たいしたことじゃ、ないんですけどね」

惣衛門にしてはめずらしく逡巡している。お栄が熱いほうじ茶を運んできた。ひと口飲んで首を傾《かし》げ、ようやく重い口を開いた。

「いや、じつは、さっきのぶりとかますの話なんですけれどね。内輪のことだし、今さらになるから、さすがにあの場では話せなかったんですけどね」

――あなたは別の方を想っていらっしゃるから。

お冬の言葉である。

「いっしょになって三年目だったかな。言われて、あたしははっとした。自分でも気づいていなかったんですよ。もちろん、何があったというわけじゃないんですよ。ただ、あたしはその人が不憫《ふびん》で、心配で、気になっていた。それだけなんですよ」

だからこそ、妻としては恨めしかった、ということらしい。

「惣衛門さんは奥様とは見合いでしたよね」

「そうですよ。お冬とは見合いですよ。うちはかまぼこ屋で、お冬の実家はかつぶし屋。親同士が決めた話だから、否《いや》も応もない。いや、そう言ったらお冬に申し訳ないか。惚《ほ》れたはれたは一時のもので消えてしまう。だけれど、夫婦というのはそれじゃいけない。長い年月をかけて育《はぐく》んで、お互いかけがえのない間柄《あいだがら》になるもんです。だから、最初から、そんな熱い気持ちでいるわけじゃないんですよ」

惣衛門は言葉に力をこめる。

「分かりますよ。惣衛門さんはやさしい方ですもの。奥様も、いい方だし。穏やかで仲睦《なかむつ》まじい」

「いやいや……。まぁ、特別、波風が立つというようなことは何もなくね。で、所帯を持って三年目のことですよ。当時は親父《おやじ》も健在で、お袋もしゃきしゃきと働いて、お冬もようやく家になじんでというころでした」

まだ、子供はできなかった。

「あたしはね、子供は授かりものだとのんきに構えていたんですけど、お冬はそういうわけにはいかない。親父もお袋も孫の顔を見るのを心待ちにしている。親戚《しんせき》からも、子供を産むのが嫁のつとめだなんて言われる。心苦しく思っていたんですね」

そんな気持ちが、お冬に言わせたのだ。

――あなたは別の方を想っていらっしゃるから。

惣衛門ははっとした。

「つまり、心当たりがあったわけなんですよね」

お栄が新しい茶を注《つ》ぎながら、さりげなくたずねた。

「言われてみれば、そういうことになるんですけどね」

惣衛門はわずかに頬を染めて言い淀《よど》んだ。

「……だけど、相手はあのお寅《とら》ちゃんですよ」

長谷勝《はせかつ》のお寅といえば、日本橋で知らない者はない女傑である。俵物《たわらもの》、つまり、海産物を扱う商売は荒っぽい。その荒っぽい商いをお寅は女だてらに仕切っている。真っ白な髪で、体はやせて小さくなったが、いまだに男たちを大声で怒鳴り、厳しい舌鋒《ぜっぽう》でやりこめる。お高の幼なじみである仲買人の政次などは、まったく頭が上がらない。

そのお寅と惣衛門は子供のころからの仲良しである。

惣衛門が語ろうとしているのは、今のお寅ではない。かつての、三人の子を抱えて亭主に先立たれ、はからずも長谷勝を背負うことになった、うら若いお寅である。

お寅の母親も早くに夫に死に別れた。だが、そのとき店には祖父が健在で、古くからの番頭もいたから母親は店の表に立たずにすんだ。だが、お寅が亭主に死なれたときには、祖父は亡くなり、頼りになる番頭もいなかった。再縁話もないことはなかったが、今の長谷勝に婿に入ろうという男は、財産目当てに違いないとお寅はきっぱりと断った。

自分は女の幸せは願わない。これからは娘たちのため、長谷勝のために生きていくと覚悟を決めた。商いを学び、先頭に立つことにした。

「今でこそ、長谷勝のお寅といえばみんな一目も二目もおくけれど、あの当時のお寅ちゃんは若い後家さんですよ。もともと俵物は荒っぽい男の商いなんだ。夏なんか、荷揚げする男たちは下帯一本で蔵の中で働いている。そんな男たちが、若い後家さんの言うことなんか聞くもんですか。意地の悪いことを言うんですって。中にはいやらしいことをささやいてくる者もいる。お寅ちゃんは悔しくて、悲しくて布団の中で泣いていたんですって。そんなことを聞いたら、あたしはもう、お寅ちゃんがかわいそうで、心配でたまらなかった」

「惣衛門さんから見ると、お寅さんは、いつまでたっても小さくてかわいらしい女の子なんですね」

お高は言った。

「そうですよ。あたしの中のお寅ちゃんは、いっしょに花火を見にいったころのあの人だ。新しい下駄《げた》を履いてきて、鼻緒《はなお》で足がすれて痛いってべそをかいていたころの娘さんだ」

だからといって、惣衛門に何かできるわけもない。ただ、陰ながらあれこれと思うだけである。

それをお冬に見透かされたと思った。

「あたしはね、しまった、お冬に申し訳ないことをしたと思いましたよ」

お高は惣衛門の切れ長の目とまっすぐで形のよい鼻をながめた。若いころはさぞやと思うような、男ぶりである。

仕事熱心でまじめ、悪所《あくしょ》通いなど縁がない。

そんな惣衛門だからこそ、お冬は気に病んだのかもしれない。

「それでね、そのときあたしは困って徳兵衛さんに相談したんですよ。そうしたらね、なんか、買ってあげるのがいいんじゃないかって言ったんです」

「そりゃぁ、相談する相手を間違えたんじゃないですかねぇ」

突然、お栄が話に割り込んだ。お高もまったくその通りだと思っていたので、つい笑ってしまう。

「まぁ、そう言われればそうなんですけどね」

惣衛門も苦笑する。柱の陰から見えるお近の背中も揺れた。

徳兵衛は悪い人ではない。顔も広いし、面倒見もいい。だが、徳兵衛がからむと、なぜか話がこんがらがってしまうのだ。

「だけど、ほら、あたしはまったく女の人のことは不調法だから。それで、そのときはうまくいったんですよ。徳兵衛さんが知り合いのかんざし屋に口をきいてくれて、珊瑚《さんご》のかんざしを手に入れた。あのころは、親父が財布を握っているから、あたしも自由にお金が使えなかったんですよ。で、それをお冬にやった。いつも、ありがとうって」

「喜ばれたでしょう」

お高の言葉に惣衛門は相好《そうごう》をくずす。

「そりゃぁ、もちろん。それからしばらくして、長男を授かった。お冬はこのかんざしのおかげだって言って、その後、ずっと、そのかんざしを挿《さ》していましたよ」

お高の目の先に作太郎からもらった茶碗があった。

白い土に薄青い釉がかかった土物の茶碗を、お高は大事に毎日使っている。自分でご飯をよそい、自分で洗う。作太郎は女にしては大きいお高の手にあわせて茶碗を焼くと言った。そして、送ってくれたのだ。

お高のための茶碗。そのことが、お高を幸せにする。

惣衛門が、ふと首を傾げた。

「ああ、だけど、最近、あのかんざしを見なくてね」

「珊瑚のかんざしといったら、赤い一粒珠《だま》のものですか。みなさんがよく挿していらっしゃる」

「そうそう。梅の実くらいの大きさで、真っ赤なんだ。あんなに全部、赤いのはなかなかないってほめられたって喜んでいたのに」

「たぶん、少し派手になったと思われたんですよ」

お高は言った。

「そうか。そうですよね。ああ、きっとそうだ」

そして、安心したように立ち上がった。

「じゃぁ、やっぱりあたしの思い違いですかね」

――あなたのお気持ちは『ぶり』だと思っていたら、『かます』でした。

少し気になる。だが、あえて言う。

「思い過ごしですよ」

「そうだ。そうだ。そういうことにしよう。やっぱり、お高さんに話してよかった」

惣衛門は晴れ晴れとした顔になった。

二

れんぎょうと山吹の季節が過ぎていった。

お客から、上方《かみがた》のほうではかますを押し寿司《ずし》にすると教えてもらったので、お高はつくってみることにした。

かますを開いて酢じめにし、酢飯を巻いて、軽く押すのだそうだ。

昼間、手の空いたときに仕込んだ押し寿司は、午後にはほどよく味が熟《な》れてきていた。

店を閉めたあと、お栄とお近の三人で食べた。

「おいしいねぇ」

お近は口いっぱいに頬ばって目を細めた。

「酢も、塩加減もちょうどよいじゃないですか。お高さん、これはいいですよ。次、夜、店を開けるときは、これを出したらどうですか」

お栄が言う。寿司にするとかますのうまみが増して、香りもでた。身はやわらかく、しっとりとしている。

「まかないで、こんなおいしいものをいただくんじゃ、もったいなくないですかねぇ」

お栄はちらりと上目遣いでお高を見る。

「お弁当にして双鷗《そうおう》先生のところに持って行こうかと思って」

お高が言うと、わざとらしくうなずいた。

「ああ、そうです。そうしたほうがいい。例の方もしばらく丸九にはお顔を見せないですからね」

お栄はよけいなことを言う。

昨日は五のつく日で夜も店を開けたが、作太郎は姿を見せなかった。指を折って数えることもない。作太郎はもう十日も姿を見せていない。

さっそく塗りの弁当箱にかますの寿司とえびだんごの揚げ物、青菜とかまぼこの和え物、ぬか漬けを詰めて双鷗画塾に向かった。

表の立派な看板をながめて裏に回る。双鷗の食事を手伝いに何度も来ているので、勝手は分かっている。台所をのぞくと、まかないのお豊《とよ》と塾生の秋作《しゅうさく》がいた。

「あ、お高さん、こんにちは」

秋作はいいところに来たと言うようにうれしそうな顔をする。

「今、ご飯を炊いているところなんですよ。汁のほうはどうしようかと思って……」

「すぐ、そんなふうに人を頼るんだから。お高さんにご迷惑だよ」

お豊がたしなめる。

「今日はね、双鷗先生のところにお弁当をお持ちしたのよ」

お高が伝えると、秋作は「あぁぁ、なんだ」と大げさにがっかりした様子を見せた。

二階の双鷗の居室に行くと、双鷗は部屋いっぱいに広げた紙に向かっていた。

「お仕事中に申し訳ありません。お弁当をお届けにあがりました」

お高が声をかけると、双鷗はうれしそうな笑みを浮かべた。

「いや、ありがたい。夢中になると食べるのを忘れてしまうんですよ」

しばらく前まで食が細くなってみんなを心配させていた双鷗だが、今は見違えるように生気を取り戻していた。相変わらずやせた小さな体ではあるが、目に力がある。体全体から発する気のようなものが感じられた。

「英《はなぶさ》の宴《うたげ》に絵を頼まれたから、思いついて作太郎ともへじと森三の描きあげた源氏絵巻の模写をながめていたんですよ。そうしたら、なんだか悔しくなった。いや、よく見れば未熟なところはあるんですよ。だけど、熱を感じる。若さと言ってもいい。とくに森三の『花宴《はなのえん》』はね、いいんだ。それで、もっとほかの絵も見たくなって、あの男の描いた涅槃《ねはん》図《ず》を見に谷中《やなか》の浄光寺《じょうこうじ》にも行ったんですよ」

双鷗は熱い口調で語った。

森三は作太郎やもへじの親友で、ともに双鷗画塾で学んだ男だ。その森三の絶筆が釈迦《しゃか》の入滅《にゅうめつ》を草木で描いた涅槃図である。横たわる釈迦の姿は枯れた木で、悲しむ弟子たちの姿も葉を落とした枝や枯れた草花で描かれていた。風が吹きすさぶ、淋《さび》しく悲しい絵だった。だが、そこに救いを感じる人もいるという。見る人によって、感じることが大きく異なる不思議な絵だった。

「あの絵をながめていたら、私も気持ちが高ぶってきた。もう、何が起こってもおかしくない年ですよ。やるなら、今しかないでしょう。それで抱えている仕事を全部まわりに振り分けて、こうして毎日、格闘しています」

「それは、本当にようございましたねぇ」

お高は心から安堵《あんど》の声をあげた。双鷗は明るい目をしていた。双鷗の心に火をつけるのは、やはり絵なのだ。絵を描きたいという思いが、力を呼び戻す。

「お食事をご用意してもよろしいですか」

「お願いします」

汁はとろろとたたいた梅干と青じそに湯を注いだ簡単なものだが、とろろのだしと梅干の塩気で気のきいた一品になる。茶をいれて膳を調《ととの》える。

「かますの押し寿司というのはめずらしい。西の方の食べ物でしょう」

「そのようですね。阿波《あわ》の方と取引のあるお客様から教わりました。正式な作り方ではないのかもしれませんが」

「それでいいんですよ。みんなが食べたいのはお高さんの料理なのですから」

そう言ってほほえんだ双鷗はふと、真顔になってたずねた。

「このごろ、作太郎に会いますか」

「ここしばらくはお顔を見せてくださいません」

あれから、十日が過ぎている。

「そうですか。私のところにも顔を出さないので、どうしているのかと心配していたんですよ。作太郎の実の母親が亡くなったというのは聞いていますかな」

「ええ、うかがいました」

「母親が逝って、英が人手に渡る。英についてはいろいろな思いもあっただろうが、あの男にとっては住み慣れた家だ。家族と共に過ごした場所だ。淋しい気持ちでいると思いますよ」

「そうでしょうねぇ」

「私はね、あの男に描かせてやりたいんだ。だのに、あの男はあまりにいろいろなものを引き受けてしまった。そんなに自分ひとりで背負うことはないのに。英はたしかに、あの男のくびきだった。そこから解き放たれたのか、それとももっとずっと引きずってしまうのか、私には分からない。けれど、私たちは絵描きですからね、描くことでしか変われないこともあるんです」

お高は思わず双鷗の顔を見た。

やせた体に白い木綿の仕事着を着ていた。髪が少なくなったので茶せん髷《まげ》は小さく、額にも目元にもしわがあった。けれど、その目には絵描きであるという自負とこれからも描きつづけていくという強い意志が感じられた。

「絵描きはね、絵を描いているから絵描きなんですよ。私のような者でもね、描きたいと思うから力が出る。命の火がともるんですよ。今があの男の正念場だ。ここで間違ってほしくない。死んだ森三も、きっとそれを願っている」

双鷗は遠くを見る目になった。

「いや、つまらないことをお聞かせしました。年をとるとね、胸におさめておくということができなくなるらしい」

苦く笑いながら双鷗はかます寿司に箸をのばした。

「ああ、やさしい味だ。酢の加減もちょうどいい。あなたの料理はいいですね。人を素直な気持ちにさせる。なんだか、力が湧いてきますよ」

双鷗はていねいに頭を下げた。


お高は双鷗画塾を辞した。

夕方というには早い時刻で、通りはたくさんの人が行き交っていた。物売りの声や子供の笑い声が響いてくる。けれど、それらが遠くなっていくように感じた。

お高は思いにふけった。

作太郎は子供のころから絵が上手だったと聞いた。母方は書家の家だったそうだから、そのせいかもしれない。英で暮らすようになり、周囲は父親の跡を継ぐように願っていたが、作太郎は父を尊敬しながらも父のようにはなれないと感じていた。

それで絵を描いた。

父は作太郎の絵をほめ、双鷗画塾に入塾する道をつけてくれた。

そこで、もへじや森三と出会う。体の弱い森三は寝る間も惜しんで涅槃図に取り組む。作太郎はもへじとともに森三を応援するが、あともう少しで完成というときに森三の手を離してしまう。

おりょうが身《み》籠《ご》もったと聞かされたからだ。

それは誤解だった。

だが、森三は作太郎を恨んだ。自分よりもおりょうを、絵よりも女を、絵描きとしての人生より、料理屋の主としての生き方を選んだとして。森三は病に倒れ、作太郎を許さないまま亡くなる。

以来作太郎は、英からも、絵からも離れてしまった。

作太郎は後悔し、己《おのれ》を責めているのだろうか。

絵に戻りたくても、戻れなくなってしまったのか。あるいは、絵の道に進む覚悟がもてなかったのか。ただ、逃げているだけなのか。

お高は立ち止まり、天を仰いだ。

作太郎にはいくつもの暗い影がつきまとい、それが幾重にも重なってその身を縛っているように思えた。

どうしてそうなのだろう。

お高のまわりにいる人々は、お栄もお近も政次も草介も、もっと素直な明るい世界に棲《す》んでいる。たとえ、暮らしが貧しくても、過去にさまざまなことがあったとしても、それはそれと日々をやり過ごしている。

どうして、作太郎だけは、そんなふうに生きられないのだろうか。

それが絵描きというものなのだろうか。いや、もへじがいるではないか。もへじはいつも絵筆を懐に入れていて、面白そうなものを見つけると描きとめる。時には鼻歌を歌いながら。楽しくてしかたないというふうに笑みを浮かべて。

考えながら歩いて店の前まで戻って来ると、作太郎の姿があった。

「あら、作太郎さん、どうして、ここに？」

「いや、今日は五のつく日じゃなかったんですね。そろそろ店の開く時間だと思って来たら、閉まっている。それで、自分の間違いに気がついた」

作太郎は照れくさそうな顔をした。

「今日は六日です。せっかくだから、中でお茶でも飲んでいきますか」

お高が声をかけると、作太郎は少し考えて言った。

「落語を聞きに行きませんか。お高さんと以前、行った寄席ですよ。たしか、六日なら山《さん》笑《しょう》が出る日ですよ」

「山笑さんというと……、たしか、あのときは義経《よしつね》が出てくる噺《はなし》でした」

「そうそう『青菜』でした」

お屋敷で聞いた上品なやりとりを家でも真似《まね》をしようとした植木屋の滑稽《こっけい》噺だ。お高は最後の下げの意味が分からなかった。ひとりでずっと考えつづけ、作太郎に教えてもらってやっと気づいたのだ。

「お高さんは本当にまじめなんだなぁ。いったい、何をそんなに真剣に考えているのかと思いましたよ」

作太郎は目じりにしわをよせて笑った。それは屈託《くったく》のない、心からの笑顔のように見えた。

それから二人で寄席に向かった。お高は道々、双鷗に弁当を届けたことを伝えた。

「そうか。今日、お高さんは双鷗先生のところに行ってくださったんですね。私とは行き違いだった。でも、こうして会えてよかった」

「先生はずいぶんお元気になられましたね」

「そうなんですよ。このところ、毎日、絵に向かっているらしい。あの細い体のどこにそんな気力があるかと思うほどだ」

作太郎は感心したように言った。

お高は双鷗が作太郎を心配していたこと、絵を描かせたいと言っていたことを告げなかった。おそらく、それらは作太郎の耳に入っているに違いない。

絵を描かないこと、描けないことで心を痛めているのは、作太郎自身なのだ。人当たりがよく、明るくていっしょにいると楽しい人。それが作太郎だ。だが、それは作太郎の上澄みである。人には見せない顔がある。そのことに、ようやくお高も気づいてきた。


裏道にある寄席は十五人ほどが入るといっぱいになる狭さだった。お高と作太郎が入っていくと、二ツ目がしゃべっていてお客も八分ほど入っていた。

呼び出しの三味線が鳴って真打《しんうち》の山笑が登場した。

その顔を見てお高ははっきりと思い出した。以前、話を聞いたのは、確かにこの人だ。細くてやせていて、まじめそうな感じがする。噺家よりも、お店者《たなもの》になって算盤《そろばん》を持っているのが似合いそうな男だった。

「作太郎さんはあの方がご贔屓《ひいき》なんですね」

「そうですよ。味のあるいい噺をします。だけど、黙って座っていたら、どこかのお店の番頭さんにしか見えない」

　作太郎はお高の思っていたことと同じことを言う。

　演目は『王子《おうじ》の狐《きつね》』だった。

　ある男が王子稲荷《いなり》に参詣した帰り道、一匹の狐が妙齢の女に化けるところを見かける。どうやらこれから人を化かそうという魂胆らしい。

　そこで、男は『化かされたふりをしてやろう』と狐に知り合いのふりをして声をかけると、狐も調子を合わせてきた。

　ふたりで料理屋の扇屋《おうぎや》に上がり、あれこれ料理を注文し、差しつ差されつやっていると、狐はすっかり酔いつぶれ、すやすやと眠ってしまう。そこで男は土産《みやげ》に名物の卵焼きを包ませ、「勘定は女が払う」と言い残して帰ってしまった……。

　いつもは人をだます狐が、反対に人にだまされたという噺である。

　天ぷらや刺身などの食べ物がたくさん出てくる噺である。

　山笑はじつにおいしそうに食べて見せる。

　――お、きすの天ぷらじゃねぇか。揚げたてだね。この衣がかりっと揚がっているところがいいね。たれもね、甘すぎず、辛すぎずってね。大根おろしと生姜《しょうが》を、ちょいと溶かしてさ。

　――ほっ、ほっ、中はまだ熱いよ。やけどしそうだ。

そんなやりとりを聞いていると、お高はお腹《なか》がすいてきた。

男と狐があがった扇屋というのは、王子の滝の近くにある有名な料理屋で、厚焼きの卵焼きが有名だ。お高は父の九蔵が土産に持ち帰った卵焼きを食べたことがある。

九蔵はめずらしく酒に酔って、まだ元気だった母とお高は温かさの残る卵焼きを分け合って食べた。甘くてちょっとしょっぱい江戸っ子好みの味つけで、ご飯のおかずにちょうどよかった。

色っぽくてかわいらしい狐と調子のいい男とのやりとりを聞きながら、お高は卵の甘さを思い出していた。


寄席が引けてふたりは外に出た。

「まったく、憎らしいほど天ぷらも卵焼きもうまそうに食べてたなぁ」

作太郎が嘆息する。

「本当に。ねぇ、なにか食べていきませんか」

それで近くのそば屋に寄った。せいろを頼んで、卵焼きと天ぷらも注文する。

ふたりで酒を飲んだ。

「噺を聞きながら、昔、父がお土産に扇屋の卵焼きを持って帰ったことを思い出しました」

お高が言うと、作太郎はうなずいた。

「九蔵さんは探求心があったからなぁ。私は九蔵さんのつくった扇屋風卵焼きを食べましたよ。扇屋よりおいしいと言ったら、とてもうれしそうにしていた」

「私も家で食べた記憶があります」

「そうか。やっぱりそうか」

作太郎はうれしそうな顔をした。

お高と作太郎は九蔵の味でつながっている。

「初めて丸九に行ったとき、なんだか懐かしい気持ちになった。あとから九蔵さんの開いた店だと聞いて納得した。旅に出ると、丸九の料理のことが思い出されるんですよ。今日のみそ汁の具はなんだろうとかね。甘くてしょっぱい煮魚のたれを、白いご飯にかけて食べたくなるんですよ」

「そう言っていただけると、うれしいです」

「この店のつゆもうまいけれど、少し甘めの丸九さんのほうが好きだな。大きな声では言えないけど」

「怒られますよ。そんなことを言ったら」

お高は笑う。

少しの酒でお高は酔って、体が熱くなる。作太郎も楽しげにしている。

今、目の前にいる九蔵の思い出話をして笑っている作太郎が、本来の作太郎の姿ではないのだろうか。絵を描くとか描かないとか、英を背負うとか、そんなことは大した問題ではないのかもしれない。おいしいものを食べ、楽しい話をしているのが作太郎だ。

お高は自分の考えに安心してそばに箸をのばした。

ゆでたての二八のそばは表面がつやつやと光って、のどごしがよく、口に含むとそばのさわやかな香りが鼻に抜けた。

「ああ、おいしい。やっぱり、そばはそば屋ですよね」

「そうですか。丸九さんもそばつゆがあるじゃないですか」

「あれは、煮物をするときの奥の手です。つゆは本職のほうがおいしいんですよ。うちのは、割《わり》は同じでも、本当の返しじゃないですから」

だしで伸ばす前の、そばつゆの元といえるのが返しで、醤油《しょうゆ》とみりん、砂糖などでつくる。これをだしで割ってそばつゆにするのだ。そば屋にはそれぞれ店独自の割《はいごう》と工夫がある。丸九が使っているのは、この簡便版で、だしも加えてそばつゆの味にしている。きんぴらや煮物をつくるとき、手早く味が決まるので便利なのだ。

「いやいや、私にはあれがごちそうだ。世間じゃ、お袋の味なんて言うけれど、私には九蔵さんの料理がそれなんだ」

「一番好きなのはなんでした？」

「そうだなぁ。ああ、あれだ。焼き豆腐《どうふ》だ」

作太郎は目を細める。

「木綿豆腐に串《くし》を刺してこんがり焼いたものでしょう。私もよく食べました」

朝ご飯で食べたし、おやつにもなった。

「ほかの人がつくってくれることもあるけど、九蔵さんのが一番おいしいんだ。あれはやっぱり火加減なのかな。小竹葉《おささ》豆腐というのが好きだった」

「卵でとじたものでしょう、それは。さすがに英の坊ちゃんです。うちでは、あれは特別な日の料理でした」

それからふたりで思い出の料理を次々とあげた。

豆腐に芋、大根の皮に飾り切りしたにんじんの端っこ、卵焼きやかまぼこの切れ端。作太郎は厨房に出入りして、まかない飯を板前といっしょに食べていたらしい。

「だって、子供だから腹がすくんですよ。お袋は忙しいし、姉は年も違うからかまってくれない」

お高はその日、いつもの麻の葉模様の着物を着ていた。

藍地に何本もの白い直線が重なりあって正六角形を描き、麻の葉に似た模様をつくる。同じ形の繰り返しが心地よい。深い藍色と白。どこまでもまっすぐで、けれんみのない模様が、自分らしいような気がして安心するのだ。

作太郎は双鷗画塾にいるときの、何度も洗ってやわらかくなった木綿の着物だった。英の最後の宴では絹の着物を着ていた。それはそれで立派で美しかったが、遠い人のように思えた。こんなふうに墨や絵具のしみのある着物で、岩絵具を溶く膠《にかわ》の匂いをまとっているときが、作太郎らしい気がした。

作太郎はふと思い出した顔になった。

「この前、おりょうが約束していた店に行ってみたんです」

「いかがでした」

おりょうの名前が出て、お高の心がざわついた。

「まったく話にならない。おかみとして来てほしいということだったけれども、料理のことは板長と自分たちで決める、店のやり方には口を出さないでほしいと。おかみとは名ばかりで、おりょうについているお客を呼びたいだけなんだ。呆《あき》れてしまった」

「そうですか。それで、そちらは断ったんですね」

「もちろんですよ。そんなわけで振り出しに戻ってしまった。今月にはあの家を出なくてはならないから、その前におりょうの身の振り方を決めてやらなくてはならない」

「もう、日がないじゃないですか」

「まったく。おりょうはいよいよとなったら里に帰るなんて言っていますけれども、そんなことができるなら苦労はない。今さら、あの人に畑仕事ができるはずもないんだ」

作太郎の言葉に熱がこもる。

「心配ですね」

自分でもびっくりするほど、冷たい言い方になった。

「本当に、早く次の落ち着き先が決まるといいですね。自分らしく働けないというのは辛いことでしょうから」

お高はあわてて言いなおした。

「いや。申し訳ない。あなたの前で愚痴めいたことを言ってしまった」

作太郎はあやまった。

「いいえ。こちらこそ」

それきり会話が途絶えた。それを汐《しお》に店を出た。


外に出ると、星が瞬《またた》いていた。風に若葉の匂《にお》いがあった。

「今日は帰って、残った仕事を片づけるかな」

「英のですか?」

「ええ。こんなに雑事がたくさんあるとは思いませんでしたよ。慣れないことだから、倍も、三倍も時間がかかる。今日は、お高さんに会えてよかったですよ。久しぶりに笑った気がする。それでは、また」

丸九の前まで送ってくれた作太郎は、明るい目をしてそう言うと足早に去っていった。

ひとりの家に戻ると、なんだか、淋しくなった。

作太郎といっしょにいるときは楽しい。だが、それはふわふわとした頼りない楽しさだ。

ひとりになった途端、汐が引くようにお高は残される。作太郎の姿が遠くになる。

ひんやりと冷たい階段を上って二階の部屋に行き、押入れから行李《こうり》を取り出した。中には、お高が九蔵から教わった料理を書いた紙の束が入っている。

明かりを灯《とも》し、その紙を一枚、一枚めくっていった。

最後のほうになって、やっと小竹葉豆腐が出てきた。

『焼きたての豆腐を、つかみくずし、醬油を塩梅《あんばい》し、鶏卵とじにして、すり山椒《さんしょう》をふる』

九蔵が豆腐に串を打ち、七輪《しちりん》で焼いている姿が思い出された。

お客に出す料理とは違って、自分や家族のためにつくるときは、鼻歌を歌いながら気楽に楽しそうにしていた。

こんがりと焼き目がつき、中まで火が通った豆腐を手で粗《あら》くくずす。鍋に入れて、自家製のそばつゆとだしを加えて煮る。ふつふつと小さな泡が出て煮汁が沸いてきたら、溶き卵を回し入れる。蓋《ふた》をして火を通す。仕上げはすり山椒。

なんということもない料理だったが、九蔵がつくると、それはもう、どんな手の込んだ贅沢《ぜいたく》な料理もかなわないくらいおいしかった。

ふと、だしの香りをかいだような気がした。たちまち思い出の味がはっきりと口の中に広がった。

そうだ、自分には料理がある。人は食べたもので出来ている。希望も勇気も、食べることから生まれてくるのだ。お高は小さくうなずいた。

三

気持ちのいい晴天が続いていた。空にはちぎったような雲が浮かんでいる。

まだまだ、日暮れには間がある時刻、布巾に使うさらし布を買いに出ると、仕事帰りの草介に会った。荷車に大きなさつきの鉢をのせて、四人の手下が押したり、引いたりしている。

「あら、どうしたの。その大荷物」

お高が声をかけると、草介は明るい声で返事をした。

「鶯谷《うぐいすだに》のご隠居の預かりものだよ。葉が黄色くなってぽろぽろ落ちるというから引き取ってきた。これからつぼみができる大事なときに、かわいがりすぎているんだよ。水も肥料もたくさんやればいいってもんじゃねぇんだよ。まったく。今年は花は無理かもしれないって言ったら、どうにかしてくれって泣きつかれた」

「それは大変。ご苦労さま」

お高が声をかけ、荷車は通り過ぎた。草介が急に振り返って言った。

「そういやぁ、惣衛門さんのところが大変なことになっているらしいじゃねぇか。お冬さんの話を聞いて、お袋とお清さんが憤慨していたよ」

お清は徳兵衛の女房だ。

「あら、どうして？」

「知らねぇよ。ぶりだ、かますだって騒いでた」

「なんのことかしら？」

「あの三人を敵に回すと怖いぞぉ。惣衛門さん、大丈夫かぁ」

草介がうれしそうな顔でそう言うと、四人の手下も声をあげて笑った。

がらがらと音をたてて進む荷車を見送って、またしばらく歩いていると、今度は徳兵衛がやって来た。

「ああ、お高ちゃん、いいところで会ったよ。これから、あんたのところに行こうと思っていたんだよ。大変なことになっちまったよ」

「いったい、何が起こったんですか」

徳兵衛は急に声をひそめた。

「うん。それがさぁ、よそじゃ、話せねぇ話なんだ。あんたんとこ、行ってもいいか」

そこまで言われて、お高もやっと気がついた。

お冬の台詞《せりふ》である。

――あなたのお気持ちは『ぶり』だと思っていたら、『かます』でした。

「もしかして、惣衛門さんのところの話ですか。ぶりじゃなくて、かますだったっていう」

「そう、それだよ。もう、それが、大変なことになっちまったんだよ」

お高は徳兵衛とともにあわてて丸九に戻った。

裏の戸を開け、中に入ってもらう。

床几《しょうぎ》をすすめ、鉄瓶《てつびん》に残った白湯をおく。

「そのぶりだ、かますだって話なんだけどさ。俺は大変なことをしちまってたんだよ」

徳兵衛は頭を抱えた。

話は三十年前にさかのぼる。

「惣衛門さんが突然、俺んところに来てね、なんだか、女房がややこしいことになってい るって言うんだ。困っているから、助けてほしいって。それがさぁ、犬も食わないってや つでさ」

つまり、夫婦喧嘩《げんか》ということだ。

「惣衛門さんにはまだ忘れられない人がいるんじゃないのかとかさ、焼きもちっていうか さ、そういうことだよ。だから、そういうときには、贈り物をするといいよって言ったんだ」

「で、かんざしを贈ったんですよね」

徳兵衛はぎょっとした顔になった。

「……なんで知っているの。そのこと」

「惣衛門さんから聞きました。そのころ、なかなかお子さんができなくて、お冬さんはそのことを気にかけていらしたとか」

「そう、そう、そうなんだよ。それで、惣衛門さんは女の人のものなんて買ったことがなくて分からないって言うから、俺が知り合いからかんざしを買ったんだ」

「赤い珊瑚の一粒珠ですよね」

「うん」

そう言って、徳兵衛は渋い顔で白湯を飲んだ。

──あなたのお気持ちは『ぶり』だと思っていたら、『かます』でした。

ぶりは鰤で、かますは魳。中のツクリが抜けている。お高ははっと気づいた。

「まさか、徳兵衛さん」

「いや、だからさ、そんなに深刻な話だと思っていなかったんだよ。お互いあのころは金がなかったしさ。知り合いのところに行って、これこれこういうわけでって話をしたら、それなら、よく出来た練り物があるから、それなら安くていいんじゃないかって教えられてさ。お高ちゃん、あのね、知っていると思うけど、珊瑚のかんざしってのは結構値が張るんだ」

徳兵衛は切なそうな顔になった。練り物とは、つまり、まがい物である。

思わず、お高の声が高くなった。

「それはまずいですよ。だって、惣衛門さんの気持ちを託したものが、そのかんざしなんでしょ。練り物はまずいですよ。そういうときは、小さくたって本物じゃないと」

「だから、そんなに深刻なもんじゃないと思ってたんだよ。見かけはほとんど変わらねぇんだよ。並べてみても、素人《しろうと》じゃ分からないくらいよく出来ているんだ。珠は大きいし、真っ赤なんだ。髪に挿すんだ。見栄えがするほうがいいじゃねぇか」

お高はうなる。

「なんだよ。お高ちゃんまで、腹を立てるのかよ」

「それが女の気持ちです」

徳兵衛はがくりと首をたれた。

「それで、その、練り物だってことは惣衛門さんに言わなかったんですね」

「そうだったかなぁ。もう、忘れちまったけど……。やっぱり言わなかったかな」

小さな声になった。

「でもさ、でもさ、かんざしをあげたらお冬さんはとっても喜んでくれたって。それから、しばらくして子供も授かってね、めでたし、めでたしになったんだ。だからさぁ、悪いことばっかりじゃねぇんだよ」

ところが、三十年前の話はそれで終わりにならなかった。

「どうして今ごろになって練り物だってことが分かったんですか」

ついついお高の声の調子もきつくなる。

「うん。お冬さんがね、自分には派手になったからお嫁さんに譲ると言ったんだ。このかんざしをもらって息子が授かった。とっても縁起のいいものだって。お嫁さんも喜んでね、『お母さまの大事なかんざしをいただけるなんて、本当にうれしい。大事にします』なんて言ったそうだ」

嫁姑の仲も睦まじい、いい話だ。

長年使っていたので、少々色が鈍くなっていた。かんざしの軸も少し曲がっていた。それで、直しに出した。

かんざし屋が言った。

――お客さん、これ、珊瑚じゃないよ。練り物だ。長く使っていると、こんなふうに色が抜けてくるんだよ。お金をかけるのはもったいねぇから、やめたほうがいいよ。

「それは、驚いたでしょうねぇ」

「うん。お冬さんはお嫁さんの前で大恥をかいたわけだ。ついでに、亭主の真心にも疑いがうまれたってわけさ」

　徳兵衛は頭をかく。

「だからさ、俺は惣衛門さんにあやまらなくちゃいけねぇと思っているんだ」

「それから、お冬さんにもことの次第を説明したほうがいいんじゃないですか。徳兵衛さんがよかれと思ってしたことで、惣衛門さんは何にも知らなかったというふうに」

「そこんところが問題なんだよ。この話はお冬さんからうちのお清やお種《たね》さんにも伝わってんだよね」

　お種とは草介の母親のことだ。お種は生け花の師匠でお清とお冬はその生徒。生け花というのは口実で、仲良しが集まっておしゃべりしているのだ。

「俺が一枚嚙《か》んでるってこと、まだお清は知らねぇんだ。聞いたら怒るよなぁ。怖いんだよ、あいつが怒ると」

　徳兵衛は情けない顔になった。しかし、お清を責めるのはお門違いというものだ。徳兵衛を亭主に持ったら、それは厳しくもなるのである。

　そして、草介の母親お種だ。草介の父親は腕がよく、気風《きっぷ》もいい植木職人だ。江戸っ子の鑑《かがみ》のような人である。稼ぐことも稼ぐが、そのぶん散財もする。その帳尻を合わせてきたのが、お種である。

「お種さんもしっかり者ですからねぇ」

「そうだろう。ふたり合わさると、百層倍だ」

――あの三人を敵に回すと怖いぞぉ。

草介のうれしそうな顔が浮かんだ。

徳兵衛とともにお高も頭を抱えてしまった。

「困りましたねぇ。三十年間、ずっとだまされていたわけですからねぇ」

「だからさぁ、そうじゃないんだってば」

「女はねぇ、やっぱり、形があるものがうれしいんですよ」

「だから、何かあげたらいいよって言ったんだ」

しかし、あのかんざしは、ただの贈り物ではない。

お冬の問いに対する答えであり、惣衛門の誓いである。なかなか子供を授からないことを心配し、舅や姑に申し訳なく思っていたお冬の心に光が差したに違いない。惣衛門に添っていこうと、強く思ったのではあるまいか。

だから、いつも髪に挿していた。大事な息子の嫁に手渡そうと思った。

それが、まがい物だと知ったときの落胆はどんなだったろう。

信じていたものに裏切られた、大事にしていたものが汚《けが》されたと感じたに違いない。

だから、怒るのだ。お清も、草介の母親も肩入れする。

そうだよ、そうだ。お冬さんの気持ちはよく分かる。そりゃぁ、惣衛門さんが悪いよとなっているに違いない。

「とりあえず、惣衛門さんに事情を話しましょうよ。もう、ご存じかもしれないけれど、徳兵衛さんの口から説明しないと」

徳兵衛はうん、うんとうなずく。しかし、立ち上がる気配がない。

「ね、早いほうがいいですよ。こういうことは」

お高がうながす。

「あのさぁ」

徳兵衛が甘えるようにお高を見た。お高は諭《さと》す。

「だめですよ。私はいっしょに行きませんよ。徳兵衛さんが蒔《ま》いた種なんですから、ご自分で刈らないと」

「うん。そうだよ。もちろん、そのつもりだよ」

のろのろと立ち上がり、戸口まで進む。

そして振り返る。

「だからさぁ、店の前まででいいからついてきてくれないかな。そうしないと、俺は途中でどっかに逃げちまいそうだ」

懇願する。

何度かの押し問答の末、結局、お高は押し切られてしまった。

惣衛門の家は日本橋でも名の知れた老舗のかまぼこ屋である。白壁造りの破風《はふ》のある大きな構えで藍色ののれんが下がっている。お客でにぎわっている店の表を過ぎて、惣衛門たちが暮らす裏に回る。

「じゃぁ、私はここで」

帰ろうとするお高の袖《そで》を徳兵衛の左手がしっかりとつかんでいる。

「お高ちゃん、頼むよ」

小声でささやく。右手は拝む手だ。

さっきから、ずっと、この調子である。そして、毎度のことながらお高は負ける。

「ごめんください。大おかみはいらっしゃいますでしょうか。丸九の高です。徳兵衛さんもいっしょなんですが」

声をかけると、戸が開いていきなり惣衛門が顔をのぞかせた。低い声で告げた。

「今、ちょうど、かんざしの話をしていたところなんですよ。上がってくださいな」

三和土《たたき》を見ると、女物の履物がふたつ並んでいる。

「あちゃぁ」

徳兵衛が頭を抱えた。

座敷に入ると、お清とお種がいた。惣衛門が渋い顔で座っていて、隣でお冬がうつむいている。目元が赤い。泣いているのではあるまいか。

「申し訳ありませんでした」

徳兵衛は大きな声で叫ぶと、いきなり畳に頭をこすりつけた。

「悪いのは惣衛門さんじゃないんです。みんな不肖、この私のせいなんです。惣衛門さんに女の人は贈り物をすると喜ぶと言ったのは私です。知り合いに口をきいたのも、私です。大きな珠できれいな色だったので、よいのではないかと思いました。惣衛門さんを責めないでください。文句があれば、みんな私が聞きます」

勢いにのまれて、お清とお種、お冬の三人はぽかんとした。はっとしたようにお清が立ち上がると、徳兵衛の隣に座った。

「申し訳ございません。私からも謝罪をいたします。惣衛門さんに非はありません。すべてはうちの亭主の軽はずみです」

頭を畳につけた。あわてたのは惣衛門にお冬、お種である。

「もう、徳兵衛さんもお清さんも頭を上げてくださいよ」だの、「いや、昔の話ですから、今さら、どうこういうことじゃなくて……」だの、「本当に、もう、分かりましたから」だのという言葉が飛び交って、あっけなく一件落着したのである。

二日ほどした午後、お高とお栄、お近が丸九で片づけものをしていると、惣衛門がやって来た。

「先日はいろいろ、ご心配をおかけしました。あらためて、お詫《わ》びしなくちゃいけないと思っていたんですよ」

そう言って、菓子折を差し出した。

「まぁ、いやですよ。こんなふうに気を遣っていただいちゃ」

お高は言った。

「いやいや、まったくお恥ずかしい話ですよ」

惣衛門が床几に腰をおろすと、お栄が茶を運んできた。

「女房の気持ちもよく分かるんです。悪いのはあたしなんですよ。今さら、なんにも言えない。だけどね、やっぱり、あたしには女の人の気持ちが分からないんですよ。だって、かんざしはかんざしじゃないですか。そりゃぁ、知らなかったとはいえ、まがい物を贈ったあたしが悪いですよ。お冬に恥をかかせた。そのことは申し訳ないと思っています。だけど、たかが髪飾りですよ。それがまがい物だったからって、あたしの気持ちもまがい物だっていうのはおかしいでしょ。真心だの誠意だの、そんなふうにかんざしにいろいろ背負わせたら、かんざしだって困るでしょうよ」

ここだけの話をしに来たらしい。

お栄がにこにこ笑いながらやって来て言った。

「誰かが言ってましたけどね、男と女じゃ、考えることは猿ととかげくらい、違うらしいですよ。ですからね、お互い、分かり合えないのはしょうがないんですって」

「はぁ、はぁ、そういうもんなんですかねぇ」

「まぁ、ともかくも、落ち着くところに落ち着いてよかったじゃないですか」

「そう思うことにしましょうかねぇ」

胸のつかえがとれたのか、惣衛門はさっぱりした顔になった。

お高はふたりのやりとりを聞きながら、戸棚に目をやった。そこには作太郎の飯茶碗がある。白い土で薄青い釉《うわぐすり》がかかった飯茶碗は少し厚手で、女にしては少し大きなお高の手にぴたりとあう。

お高は毎日、その飯茶碗で飯を食べている。

手に取ったとき、お高は作太郎を感じる。

それには、なにか特別な意味があるのか。

ないかもしれない。あるのかもしれない。

いまだに作太郎の心を計りかねているお高にとって、その茶碗は縁《よすが》である。

そう思うのは女の気持ちで、男たちはまた、別の思いでいるだろうか。

鼻の奥がつんとした。

第二話　ねぎ坊主

一

その日、八百屋が持ってきた野菜の中にめずらしいものがあった。ねぎの茎の先が丸くなったねぎ坊主だ。

ねぎ坊主はねぎのつぼみだ。ねぎ坊主が出来ると、ねぎの茎は固くなっておいしくないので刈り取ると聞いた。

「これぐらいの大きさならね、天ぷらにしたり、みそ汁に入れると、うまいんだよ。角のそば屋で天ぷらにするからって頼まれたんだ。お宅もどうだい」

「そうねぇ、おじさんがそう言うなら、うちでもいただいてみようかしら」

商売上手な八百屋の言葉に誘われて、お高も仕入れることにした。

この日は十日なので、夜も店を開ける。あさりのむき身と三つ葉のかき揚げを考えていたが、そこにねぎ坊主の天ぷらを加えてもいいだろう。

「毎度ありぃ。ねぎ坊主は捨てるもんだって思っている人が多いけどさ、一度食べてみてよ。うまいんだよ。だいたい、俺は、こいつが好きなんだ。子供のころ、ねぎ坊なんて呼ばれていたから」

八百屋はポンと自分の頭をたたいた。髷《まげ》を結《ゆ》った頭はころりと丸い。年は四十をいくつか出たところ、お高たちは「おじさん」と呼んでいるが、本当の名前は七蔵《しちぞう》という。

「たしかに、いい頭の形だねぇ。惚《ほ》れ惚《ぼ》れするよ」

米を研いでいたお栄が顔を上げて言った。

「そうだろう。易者には、大きな金には縁がないが、一生食うに困らない相だって言われたよ」

多摩《たま》の方の生まれだと聞いたことがある。七蔵というから七番目の子供だろうか。十で江戸に奉公に出た。最初はお武家、次は八百屋。店主に見込まれて娘といっしょになり、二男二女にも恵まれた。根っからの働き者で、目端がきく。七蔵の持ってくる野菜はいつも新鮮で、葉物はやわらかく勢いがあり、根菜は丸々と太っている。しかも、こんなふうにときどき、目新しいものを持ってくる。お高のような食べ物屋をする者にとっては、とても重宝なのだ。

その晩は、あさりのむき身と三つ葉のかき揚げにねぎ坊主の天ぷら。焼き豆腐《どうふ》のおろし生姜《しょうが》で、青菜を具にしたみそ汁、ご飯、かぶのぬか漬け、甘味《かんみ》は白玉《しらたま》団子だ。それに、酒が一本つく。

いつものように徳兵衛と惣衛門、お蔦《つた》が来て奥の席に座る。

「ほう、今日はねぎ坊主ですか。めずらしいですね」

惣衛門が言う。

「ねぎ坊主ってのはなにかい。これから花が咲くのかい」

徳兵衛がたずねる。

「そうだよ。この丸いところに何十って白い小さな花がいっぱいつくんだよ。あれもなかなかかわいいもんだよ。子供のころ、裏に畑があってね、ねぎの花が咲いていた」

お蔦が言う。

「そうそう。その後、黒い種が出来るから種を取るんですよ」

そんな話をしていると、草介が手下の若者四人を連れてやって来た。

「おや、草介。親方になると大変だねぇ。夜も手下におごってやるのかい」

徳兵衛が声をかける。

「いつもよく働いてくれるから、たまには酒でも飲ませねぇとね」

そう答える草介はすっかり、若棟梁《とうりよう》の顔をしている。こちらに戻ってきたばかりのころより、だいぶ自信がついてきたようだ。

松の根っこのような腕をした若者たちは、膳《ぜん》が運ばれると、酒も早々に飯に食らいついた。よっぽど腹をすかせてきたのかと思ったら、夕方、仕事が終わって風呂《ふろ》に行き、帰りにそばを食べたという。「ちょこっと腹にいれると、よけいに腹がすく」そうで、白い歯でいい音をたててかき揚げを食べ、白飯をかき込んでうれしそうな顔をする。

気持ちのよい食べっぷりに、お高はうれしくなった。

「若いっていうのは、いいもんですねぇ。あたしもね、腹の底が抜けているんじゃないかと思うほど食べられたときがあった」

惣衛門がしみじみとした言い方をした。

「そりゃぁ、そういうときもあるよ。だいたい、あの子たちは体をつかって働いているんだから、飯を食わなきゃ動けないよ」

お蔦が笑う。

「お、ひとつ、できたぞ」

徳兵衛が膝《ひざ》を打つ。どうやら、得意のなぞかけが浮かんだらしい。

「腕のいい料理人とかけまして」

「はい、腕のいい料理人とかけまして」

惣衛門が続ける。

「今日のみそ汁ととく」

「はぁ、今日のみそ汁ですか。その心は……」

「どちらも、刃物（葉物）がいいでしょう」

お客たちが笑ったので、徳兵衛が得意そうな顔になる。

そんなふうにしてひと時が過ぎ、帰りがけに草介が言った。

「ひとつ頼まれてほしいことがあるんだ。知り合いに、お吟《ぎん》さんっていうおばあさんがいる。親父《おやじ》のころからの知り合いで、神田《かんだ》の組屋敷に住んでいる。早くにご亭主を亡くして細腕で子供を育ててきた人なんだ。このごろ、ずいぶんやせて、口数も減ってきちまったから、少し心配なんだよ。それで、丸九に行ってみたらってすすめたんだ。俺とじゃ話もないけど、お高さんとかお栄さんなら、おしゃべりもできるだろ。お武家の人だから、ちょいと堅苦しいところがあるけれど、悪い人じゃない。あと……、いや……、もし、金を忘れたと言ったら、俺に言ってくれ。払うから」

何日かして、お吟がやって来た。朝の早い時間で、河岸《かし》の男たちがたくさんいた。

「ごめんくださいませ。植定さんのご紹介でうかがいました。吟と申します」

入り口でお近を相手にていねいに挨拶《あいさつ》をした。

迎えたお近は目を白黒させて厨房《ちゅうぼう》に戻って来た。

「なんか、すごい女の人が来たよ」

お高は草介が話していたお吟だとすぐ分かった。

お吟は入り口のところにすっと立っていた。やせた骨ばった体つきで、髪にはずいぶんと白いものが混じっていた。美しい雁金額《かりがねびたい》が目をひく古風な品のいい顔立ちである。肌は日に焼けて、目元には深いしわがあった。それは昨日今日のものではなく、長年の暮らしの末のもののように見えた。

「植定さんからご紹介をいただきましてまいりました」

「一膳めし屋ですからにぎやかですが、ゆっくりしていただければと思います」

その日のお菜《さい》はいわしの煮つけに、ごぼうとこんにゃくの煮物、しじみのみそ汁に瓜《うり》のぬか漬け、白ご飯で、甘味はあずきの甘煮だった。

奥の席に座ったお吟は膳を前に、一礼をした。箸《はし》をとると、流れるような美しい所作で食べはじめた。

「ありゃぁ、小笠原《おがさわら》流だね」

お吟の様子をうかがっていたお栄が言った。小笠原流礼法は鎌倉時代から伝わる武家の礼法である。

「いいところのお武家の奥様なのかねぇ。それにしちゃぁ、色が黒いけどねぇ」

お栄が言う。

「草介さんの紹介だから、庭仕事が好きなのかもしれないわ」

お高は答えた。

翌日午後、店を閉めた後の丸九に、草介がひとりでふらりとやって来た。

「さっき、お吟さんに会ったら丸九に行ったたって聞いたんだ。おいしかったたって喜んでいたよ」

「喜んでくださったなら、よかったわ。朝の早い時間で、騒がしかったからどうだったかしらって心配していたのよ」

お高は床几《しょうぎ》をすすめながら言った。

「まぁ、なんにしろ丸九には今まで縁のない、お上品な方だったからびっくりしましたよ」

お茶を運んできたお栄が続ける。

「そうだよなぁ。俺もあの人と話していると、どっか調子が狂っちまうんだ。だけど、あの人はつつじ栽培の名人で、植木屋仲間じゃ、ちょっと知られているんだよ。三十かそこらでご亭主に先立たれ、それから本格的につつじを学んで息子と娘を育てたんだ。立派なもんだよ」

「ああ、だから、あんなに日に焼けているんだ」

お栄がうなずく。

「そうさ。土を掘り返したり、肥料をやったり、あの人の仕事はいっさい手抜きがない。だからさ、あの人が育てたつつじは病気知らずで、きれいな花を咲かせるんだ」

江戸でつつじが人気になったのは元禄《げんろく》のころといわれる。薩摩《さつま》の霧島《きりしま》つつじが江戸に伝わり、植木屋の三代目伊藤伊兵衛《いとういへえ》は育種と栽培に力を注ぐ。伊兵衛がまとめたつつじの専門書『錦繍枕《きんしゆうまくら》』には、つつじが百七十三種、さつきは百六十二種の品種が紹介されている。

人々は鉢植えを愛《め》で、花の季節には花の名所をたずね、花見を楽しんだ。なかでも染井《そめい》の植木屋たちは丹精した庭を人々に公開したので、染井界隈《かいわい》は桜とともにつつじの名所となった。

それにあやかろうとしたのが、大久保百人町《おおくぼひやくにんまち》に住む御家人《ごけにん》たちだ。大久保百人町には「鉄砲百人組」と呼ばれる同心が暮らしていた。長く続く平和の世に、同心たちの暮らしも厳しい。副業としてはじめたのがつつじの栽培である。鉄砲隊には木炭、硫黄《いおう》、石灰などの火薬の材料がある。これらは、つつじの肥料に利用された。

百人組のつつじはよく売れて、御家人たちは潤った。

「お吟さんの亡くなったご亭主がつつじ好きだったみたいだね。いくつか、立派な鉢を持っていた。そのご亭主が突然亡くなった。うちのことは、組屋敷の人から聞いたんだって。

ある日、ひとりで親父のところをたずねて来て、つつじの栽培をしてみたいから力を貸してほしいと言ったんだ。親父は『やってやれないことはないが、素人《しろうと》さんには大変ですよ。力もいるし、相手は樹木だ』と答えた。それでもやりたい、さんざん考えたうえのことだとお吟さんは食い下がった」

それからお吟は毎日のように植定に通い、つつじ栽培のいろはを習った。用土のつくり方、水や肥料の施《ほどこ》し方、事細かに帳面に書きつけた。

「お武家さんっていうのは、土地持ちなのかい。庭が広くなくちゃ、つつじを育てられないだろ」

長屋育ちのお近がたずねた。お近の暮らす長屋では、育てたくてもつつじを植える場所がない。

「御家人っていうのは土地と屋敷を与えられて、組ごとに集まって暮らしているんだ。その敷地がけっこう広いんだ。つつじを育てるには十分だ。だけど、金になるまでに時間がかかる。六月か七月に、元気のいい枝を切って挿《さ》し木をする。根がついて花が咲くまでに一、二年かかる。金をとるなら、花を咲かせねぇとな」

「途中で枯れちゃったら、どうなるんだ」

お近が心配そうな顔をした。

「そしたら、もちろん金にはならないよ。植木はみんなそうだけど、売り物になるまで時間がかかる。だから、親父が心配したんだよ。小遣い稼ぎならいいけど、それで暮らしをたてるとなったら大変だ。颱風《たいふう》で全滅なんてこともないわけじゃないんだから」

「それじゃぁ、お吟さんは必死だったでしょうねぇ」

いつの間にか、お高もお栄もお近も草介を囲んで座っている。

「ああ。ご亭主が亡くなったあと御家人株を人に貸してた。屋敷もその人が使うから、家族三人で隅の六畳で暮らしていた。それでもお武家の意地っていうのかなぁ、身なりもきちんとして苦労している様子を少しも外に見せない。何年ぐらいかかったかなぁ、絞りとか、咲き分けのような花も上手に育てられるようになって、そのころにはもう、名指しで注文が来るようになった」

「咲き分けって?」

お近がたずねる。

「ひとつの株にいろんな模様の花を咲かせるんだ。なかなか思ったような塩梅《あんばい》にならないけど、いいのができると、植木好きのお大尽《だいじん》が高値で買ってくれるんだ」

「なるほどねぇ。そうやって子供たちを立派に育てたわけか。えらいもんだ」

お栄がうなずく。

「うん。娘を嫁に出し、御家人株を返してもらって息子が亡くなった親父の跡を継いだ。今じゃ所帯を持って子供がふたりいる」

そう言ってから、草介は少し眉根《まゆね》をよせた。

「それで気がゆるんだのかな。このごろ、少し元気がないんだ」

「そんなことないよ。この前来たとき、元気そうだったよ。よく食べていたし」

お近が言う。

「ひょっとしてわけありなんじゃないのかい」

お栄がすかさずたずねる。

「いや、その……、つまり、あれさ。このごろ、ちょっと物忘れがひどくなっているんだよ。いや、面倒をかけるつもりはねぇんだ。物忘れはときどきだからさ。ああいう人は家にこもるとよけいにいけないんだって。だから、丸九がちょうどいいんじゃないかと思ったんだよ。ほら、困ったときのお高さん頼みだからさ」

草介はいたずらが見つかった子供のような顔になる。

「もう、そんなことだろうと思ったわよ。急に、つつじがどうした、こうしたって講釈たれて。うちは一膳めし屋なんだからね、突然、上品なお武家の奥方がいらしたから、みんなびっくり。お近ちゃんなんか目を白黒させていたわよ」

幼なじみの草介相手だから、お高も遠慮がない。ぽんぽんと言葉が出る。

「ああ、分かりました。はい、はい。よろしくお願いします。お後がよろしいようで」

あれこれ文句を並べても、結局、お高が面倒をみてくれることが分かっているので、草介は言うだけ言ってさっさと逃げていってしまった。

お高が洗い終わった茶碗《ちゃわん》を布巾でふいて棚におき、ふと厨房を見回すと鍋《なべ》も磨かれて、すっかり片づけがすんでいた。

「あら、今日はやけに片づけが早いのね」

お高が驚いてたずねると、お近がにやにやしながら言った。

「お栄さん、今日は時蔵《ときぞう》さんと踊りの会に行くんだってさ」

「いや、踊りの会なんて、そんなたいしたもんじゃないんですよ。素人のおさらい会なんですから。なんでも仕事の付き合いのある人の娘さんが出るそうで、それでお付き合いに行くんですよ。男ひとりで見に行くのもなんだからって」

お栄は耳まで赤くなって、くどくどと説明をする。

時蔵はお栄の知り合いである。いや、いい人と言ったほうがいいだろうか。神田の山善《やまぜん》という糸問屋の主《あるじ》で、八年前に女房を亡くし、ふたりの息子も手が離れている。お栄は時蔵と、おりきを通して知り合った。そのとき、おりきはまだ鴈右衛門《がんえもん》と付き合っておらず、時蔵を好ましく思っていた。だが、まじめで口数も少なく、穏やかな時蔵は、にぎやかで気の強そうなおりきより、お栄に心をひかれた。付き合ってほしいと申し込んだのだ。

最初の亭主とは死に別れ、二度目の亭主は乱暴者だったから、お栄は今さら誰かと所帯を持つ気はない。このまま、丸九でご厄介になりたいと常々言っていた。

だが、時蔵と出会ってお栄は少し変わってきたような気がする。

「それは楽しみねぇ。それで、まさか、その形《なり》で行くつもりじゃないでしょうねぇ。やっぱり殿方に会うときはきれいにしないと」

お高はついとお栄をながめた。黒と紺の太縞《ふとじま》の着物に黒繻子《くろじゅす》の襟《えり》をかけ、帯はこげ茶の蔦《つた》模様である。よくよく注意してながめると、いつもの着物とは違っているのは分かるのだが、色合わせは同じである。変わり映えがしないとはこのことだ。

お高が作太郎と出かけるなどと聞けば、化粧をしろとか、きれいな色の着物にしろとか口うるさく言うくせに、自分のこととなると、これである。

「そうだよ。お栄さん、せっかくなのにその着物はまずいよ。踊りの会じゃ、みんな、きれいにしてくるよ」

お近も声をあげた。

「そんなことを言ったって、あたしはこういうのしかないんですよ。それにもう、時蔵さんが迎えに来ますから」

お栄は大まじめで断る。

「あら、ここに迎えに来てくれるの？　じゃあ、私たちもご挨拶しなくちゃ」

お高は思わずにやりとしてしまう。

「もう、勘弁してくださいよ。いいです。もう行きますから」

お栄は前掛けをはずすと逃げるように出ていった。

この日はお近も友達と会うと言ってすぐに帰ってしまい、お高は丸九に残された。

思いついて買い物に出ることにした。いつもはまっすぐ店に行って必要なものだけを買って帰ってくる。だが、たまにはぶらぶらと町を歩き、行ってみたいと思っていた店をのぞくのも楽しいだろう。

通りは相変わらず行き交う人でにぎわっていた。ついこの間までみんな綿入れを着ていたはずなのに、今は襟巻もはずし、すっきりとした装いである。女たちは藤色や薄紅や黄の初夏らしい色をまとっている。

梅雨《つゆ》にはまだ間がある。

花が咲いて、風はかぐわしい。気持ちのいい季節だ。

お高は瀬戸物屋をのぞき、小間物屋で切れていた糸を買い、貸本屋をひやかした。お客でにぎわっている越後屋《えちごや》を横目でながめながら通り過ぎ、茶店でひと休みした。それから明日のおやつにする揚げ菓子を買い、夕餉《ゆうげ》のおかずを買うつもりで煮売り屋に行き、店に残り物があったことを思い出して買わずに帰ってきた。

気がつくと、夕暮れが近づいていていた。空には真綿のような白い雲が浮かんでいて、その端のほうが紅に染まっている。こんなふうに空をながめるのは何日ぶりだろう。

帰りの道を急ぐ。ふと気づくと、お吟が道の脇の石に腰かけて行き交う人をながめていた。

「なにをなさっていらっしゃるんですか」

お高はたずねた。

「いえね。あれこれ買い物をしたら疲れてしまって、ここで座って休んでおりましたの。そうしましたらね、なんだか、いろいろな方が通り過ぎていきますでしょう。面白くてずっと、こうしてながめておりました」

お吟の脇には大きな風呂敷包みが二つあった。

「大荷物ですね」

「ええ。麻布《あざぶ》のお屋敷のつつじのお世話を任されておりますから、その用意なんでございます。立派なお屋敷で、広いお庭いっぱいにつつじが植わっているんですのよ。花が咲きますとね、それはもう、みごとなものなんですの」

それから、お吟は霧島つつじ、紅霧島《べにきりしま》、朝桜《あさざくら》、旭小町《あさひこまち》、壬生《みぶ》の花と歌うようにつつじの花銘をあげていった。

「もう夕方で、じきに暗くなりますよ。お手伝いいたします。お宅までごいっしょしますよ」

お高はお吟の風呂敷包みを持ち、お吟を立ち上がらせた。

風呂敷包みの中には荒縄や土や肥料が入っているらしい。お吟がひとつ持ち、お高がもうひとつを持つ。

お吟の足は意外にもしっかりとしていた。重いものを持ち慣れているのかもしれない。

「ほんとうに、つつじがお好きなんですね」

お高は言った。

「つつじが好きなのは私ではなくて、亡くなった主人なんですよ。もう、何年前になるかしら。嫁いだばかりのころのことです。主人が植木市で小さな鉢を買ってきたんです。白地に紅の絞りがはいったかわいらしいものでした。私はひと目でそのつつじが好きになりました。何年かすると株も大きくなったので、家の前に地植えしました。大きく育って、今でも毎年、花をつけてくれるんですよ」

人々が行き交うにぎやかな通町《とおりちょう》を抜け、橋を渡れば神田である。大店《おおだな》の多い日本橋から小さな店の多い神田に入ると、庶民的な様子になった。

ふふと、お吟は小さく笑った。

「あら、思い出し笑いですか。どなたのことを思っているんですか」

お高がからかった。

「ごめんなさい。いえね。つつじの鉢を抱えて帰ってきたとき、主人が私に言ったんです。この花はあなただよって。花銘は羽衣《はごろも》っていうんですよ」

羽衣の伝説は、地上に降りた天女が水浴をしているのを見た漁師の男が、衣をひそかに隠し、天に帰れなくなった天女と結婚するというものだ。

「天女が空から降りてきたみたいに、ある日、突然、あなたが私の目の前に現れた。その日を境に、私の暮らしはすっかり変わった。あなたといっしょになれた私は本当に幸せ者だって」

「まぁ、ごちそうさま」

「いえ、でも、私と夫とは親が決めた縁でございますのよ。お芝居にあるような、そういうことは何ひとつありません。だから、そんなふうに思ってくれていたなんて、まったく存じませんでした。驚くやら、うれしいやら……」

お吟は娘のように頬《ほお》を染めた。

「主人はほんとうに頼もしく、やさしい人でした。私はいっしょにいるのがうれしくて、楽しくて。毎日が夢のようでした。ふたりの子供にも恵まれて、この幸せがずっと続くと思っておりました……。でも、違った。思いがけないことがあって。本当に、あんなふうに突然逝ってしまうなんて、考えてもみませんでした」

そう言ってお吟は口をつぐんだ。もう何も言わず、ただまっすぐ前を見つめている。

初夏の空はすでに青から藍色《あいいろ》に変わり、白い雲も灰色に沈んでいた。

「申し訳ありません。辛《つら》いことを思い出させてしまいました」

お高は言った。

「いいえ、よろしいんでございますよ。もう、ずっと以前のことでございますから」

お吟は静かな笑いを浮かべた。

「あの人は元気な様子で家を出ていったんでございますよ。だから亡くなったと言われても、信じられないんですよ。だって、怪我《けが》もなにもないんですのよ。どう見ても、気持ちよさそうに眠っているだけなんです。なんだか夢を見ているみたいでね、私はふわふわと体が浮いたような気がいたしました」

背筋をまっすぐのばし、前をしっかりと見つめ、お吟は足を進める。

ふたりとも黙っていた。

やがて、またお吟は語りはじめた。

「家に戻りますと、組の方々や実家の父も母もやって来て、みんなが泣いているんです。でも、私はまだぼんやりとしておりました。家の中には主人の気配が残っているんでございますよ。毎朝使っていたお茶碗も箸も、大事にしていた煙管《きせる》も、読みかけの書物も、なにもかも同じ場所にあるんですよ。それなのに、あの人だけがいないんです。こんな理不尽な、わけの分からないことってありますでしょうか」

「そうですね。お寂しかったことと思います」

なぐさめの言葉が浮かばず、お高はそんなありきたりの返事をした。

「私ね、ずいぶんたって気がついたんです。天の人だったのは、あの人のほうなんですよ。あの人こそが天から舞い降りた人なんですよ。空のかなたから突然、私の前に舞い降りて、そうしてまた、空に帰っていってしまったんです」

お吟は黙った。

それからふたりはまた、それぞれの思いの中にいて、何も語らず歩いた。

組屋敷に着いたときは、空は濃い藍色になっていた。

中に入ると、広い敷地の中に屋敷の影が重なり合うように見えた。一番手前がお吟たちの住む屋敷だった。玄関の脇に一本の木があった。それが枯れていた。葉を落とし、わずかに残った葉も茶色くなっていた。

ほかの木々は新緑の季節を誇るように若葉を茂らせているのに、どうしてその一本だけがそんな様子なのか、不思議な気がした。

「こちらにお願いいたします」

お吟は屋敷の裏を通り、物置に風呂敷包みをしまうと、北のはずれの部屋に案内した。

本来は使用人のためのものかもしれない。母屋《おもや》とは別棟になった小部屋だった。炊事ができる土間のついた六畳間で、半畳の押入れがあり、部屋の隅に重ねられた布団がある。きれいに片づけられてはいたが、粗末なことは見て取れた。

「こちらが仕事場なのですか」

「そうですよ。毎日、私はここで寝起きしております。以前は、母子三人で暮らしておりましたのよ。主人が亡くなった後、ほかの部屋は人に貸しておりましたから」

屋敷の方からは子供の声が響いてきた。孫たちの声だろうか。どうしてお吟はこの部屋でひとりで暮らしているのだろうか。なぜ、息子夫婦といっしょではないのか。

さまざまな疑問がわきあがった。

「お茶でも差し上げたいところなのですが、何もなくて……。申し訳ありません」

「いえ、結構でございます。お吟さんは、いつもこちらで、その……、ひとりでお過ごしなのですか」

「ええ。私はつつじの世話がございますから、朝が早いんですよ。それに畑仕事で汚れますから。それで、食事もこちらでひとりでいたします。息子も嫁も、部屋はたくさんあるんだから、もっと日当たりのいい広い部屋にすればいいのにとすすめてくれるのですが、長くこちらにおりましたので、いっそ気楽なんでございます。朝晩、お仏壇にご挨拶をいたしますから、仏間にはまいりますけれど……。あちらに行くのはそれぐらいでございますね」

あらかじめ用意をしていた言葉のようにすらすらと述べた。

「お食事も、こちらでおひとりで……」

「ええ、仲が悪いわけではないんですよ。そうではなくてね、そのほうが……、ええ……

都合がいいんでございます」

お吟は言った。

本当はもっと別の理由があるのではないか。そんな気がしたが、お高はたずねることができなかった。

二

翌朝、お栄は踊りの会のお土産《みやげ》だと言って、菓子折をふたつ持ってきた。

「時蔵さんも、ふたりの息子さんも甘いものは苦手なんですって。だから、あたしの分と向こうの分。丸九のみなさんでどうぞと言っていました」

昼近くの休憩のときに、三人で食べた。

上等の砂糖でつくった干菓子《ひがし》は口の中で雪のように淡く溶ける。

「おいしいね」

そう言ってお近はちらりとお栄の顔を見る。お栄は何も言わない。

「それで……、踊りの会はどうでした？」

お高が話の続きを催促する。

「ああ、十になるお嬢さんでね、『藤娘《ふじむすめ》』を踊ったんです。衣装もきれいでね、踊りのことは分かりませんけれど、みなさんがほめていましたよ」

お栄は答える。いや、お高とお近が聞きたいのは、そういう話ではない。

「その後、どっか行った？　なんか、ごちそうしてもらった？」

お近が身を乗り出してたずねた。

「それは、おいしいもの屋さんに行ったわよねぇ」

お高が聞く。

「ねぇ、どこに行ったの。教えてよ。そば？　料理茶屋？　ふたりともいける口だから、お酒のおいしいお店だったんでしょ」

「そうよ。時蔵さんは、問屋さんでいろいろお付き合いもあるから、おいしいお店を知っているわよ」

お高とお近はお栄に話をねだった。別に他意はなかった。ただ、たまにおりきと会うぐらいで、丸九と家をひたすら往復するだけだったお栄に明るい話題ができたことがうれしかった。

「ねぇ、どうして教えてくれないの。そういうの、けちんぼって言うのよ」

お近がお栄の肩をつついた。その途端、お栄が突然、声を荒らげた。

「ふたりともいい加減にしてください。今まで、あたしはあなたたちが誰かとどこかへ行くっていうときに、そりゃぁ、着物はどうだとか、化粧はこうだとか言いましたよ。でもね、何を食べたのかとか、そういうことは一切、聞きませんでしたよ。大人に向かって、そういうことをたずねるもんじゃないんです」

立ち上がると、鍋を抱えて早足で出ていってしまった。

「あら」

あっけにとられて、お高は言葉が出ない。

お近は一瞬黙り、次の瞬間、頬を膨らませてうつむいた。

「ねぇ、喧嘩《けんか》したのかしら」

お高が小声でお近にたずねると、お近は吹き出した。

「いやあだ、お高さんたら。なんにも分かっていないんだから」

お腹《なか》をかかえて、笑い声をこらえている。

お高はさらに分からなくなった。

しばらくすると、お栄は何食わぬ顔で戻って来た。

「さぁ、いつまでも休んでいると、仕事が終わりませんからね」

湯飲みと皿を片づけて、ふたりを仕事に追いやった。ここまで来て、お高はやっと気がついた。時蔵との仲は、いい方向に向かっているのだ。

昼過ぎ、お吟が昨日の礼だと言って菓子折を持ってやって来た。

その日の膳は、かますの塩焼きに三河島菜《みかわしまな》とじゃこの炒《いた》めにぬか漬け、白飯に芋《いも》のみそ汁、小ぶりの甘酒饅頭《まんじゅう》だった。

「まぁ、おいしそう」

お吟は目を輝かせる。

「最近は、こちらでお食事をするのが何よりの楽しみでございます。つつじは力仕事でございますから。水をやるだけでも、ひと仕事なんでございますよ」

「水やりは難しいそうですね。水やり三年と聞きましたけれど」

お高がたずねると、よく聞いてくれましたという顔になった。

「そのことにつきましては、もう、さんざん、植定の棟梁に叱《しか》られました。教えられて、日記をつけるようにしたんでございますよ」

何月何日、天気はこれこれ。つつじの様子、水やりや土づくりなど、仕事の内容を事細かに記録している。

「この日記が役に立つんでございますよ。春が遅い年もありますし、雨の多い年もございましょ。天気というのはめぐってくるものですからね、以前の日記を読み返すと、参考になることが必ずあります。とくに役に立つのは、失敗したときのことなんでございますよ」

お吟は目を輝かせた。

いつものように美しい所作で食事を終えたお吟が、あわてた様子で言った。

「あら、私としたことが……。申し訳ございません。財布を忘れてしまったようです」

ひどくしょげて悲しそうな様子をしている。

「よろしいんですよ。お気になさらないでください。そういうことはどなたもございますから。今度いらしたときにお持ちください」

お高は快く答えた。

お吟はいったん家に帰り、すぐその足で金を持って戻って来た。申し訳ない、こんなことは今までなかったのにと、くどくどと言って帰っていった。

けれど、二、三日後にやって来たお吟は、また、金を忘れたと言った。

前回と違ったのは、お吟は次回払うと言ったきり、そのこと自体忘れてしまったらしいのだ。

いつものように草介が手下を連れてやって来たので、お高はその話を伝えた。

「すまない。分かった。金は俺が払うから」

「お金のことはいいのよ。それより、気になっているのは住まいのことなの。お吟さんはどうしてあの狭い離れでひとりで暮らしているの？　息子さんたちと仲がよくないの？」

「え、お高さん、あの人の家に行ったのか？」

草介が驚いてたずねた。

「たまたま道で会ったのよ。麻布のお屋敷のつつじの世話があるからって、荒縄とか肥料とか重そうな荷物をいっぱい持っていたから、手伝って家に送っていったの」

ああと声をあげて、草介はちょいと眉根をよせた。

「その話さ。いろいろ込み入っているんだ。今日、仕事が終わってからまた来るよ」


夕方、草介はひとりで丸九にやって来た。お栄もお近も帰って、お高はひとりだった。

「手間かけて悪かったなぁ。最初から話すよ」

草介は申し訳なさそうな顔をした。床几《しょうぎ》に腰をおろすと、草介は話しだした。

「お吟さんの物忘れがひどくなったのは、去年からだな。亡くなったご主人が買って大事にしていたつつじの木が枯れてからだ。玄関前に葉を落とした木があっただろ。見なかったか」

お高は一本だけ、葉を落とした木を思い出した。

「あれが、つつじなの？　あんなに大きくなるものなの？」

「種類によりけりだな。あれは羽衣って花銘なんだけどさ、八重咲《やえざ》きの紅の絞りのある白い花が咲く。緑の枝に天女の羽衣がかかっているみたいに見えるって、その名がついたんだ」

「思い出のあるつつじなら、大事にしていたんでしょ」

「ああ。そりゃぁね。で、そいつが枯れてからだんだん様子がおかしくなった。麻布のお屋敷のつつじの世話も今はやっていない。水をやりすぎて枯らしそうになったんだ。……そんなことも、忘れちまったんだな」

「そう」

では、あの荒縄も肥料も、不要なものだったのか。

「息子さん夫婦もいい人たちだよ。母屋で暮らそうって前から言ってくれてるんだけど、お吟さんが頑として受け入れないんだ。亡くなった旦那さんのことで思うところがあるのかもしれねぇな」

「後悔ってこと？」

「まぁ、そんなとこだ」

話を聞きながらお高は茶をいれた。

「お腹すいている？　何か食べる？　昼の残りの芋の煮ころがしくらいしかないけど」

「いいよ。ガキじゃねぇんだから大丈夫だよ。今食ったら、酒がまずくなるだろ」

「あら、そうですか。失礼しました」

お高は自分用に炒《い》り豆を取り出した。ぽりぽりと豆を嚙《か》んでいると、草介が「ふふ」と笑った。

「なによ。ひとり笑いして」

「いや、この前の、徳兵衛さんのかんざしのことを思い出したんだ。うちのお袋、最初はすごい怒っていたんだぜ。だけど徳兵衛さんがあやまって、お清さんもいっしょに頭を下げたんだろ。家に帰ってきて感心してた。いい夫婦だって」

「そうね、私もちょっとうれしかった。仲がいいんだなって思って」

徳兵衛はあわて者のお人好《ひとよ》しで勝手ばかりをしている。勝手にたけのこの山を買ったり、重病だと言いだしたり、かと思えばお清の浮気を疑ったり……。そのたび、あちこち頭を下げて後始末をつけるのはお清の役目だ。腹を立て、厳しいことを言うこともあるらしいが、この間のように困っているときには迷わず手を差し伸べる。

「やっぱりさぁ。夫婦っていうのは助け合ってこそじゃねぇか。いつ何時でも、一番の味方でいてくれる女房ってのは、いいよな。しっかり者で、働き者で、情が深いってところがいい。話を聞いて、俺は徳兵衛さんがちょっとうらやましかったな」

草介がちらりとお高を見た。

「そうよねぇ。何年たっても、そういうふうにご亭主を大事に思えるっていうのも、女の幸せよね」

「そうだろ。亭主に頼りっきりって女はつまんねぇよ」

またちらりとお高を見た。

今の話には、何か意味があったのだろうか。お高は草介の思わせぶりな様子が気になる。

そういえば、尾張から帰ってきたばかりの草介に、お高は想《おも》いを伝えられたのである。しかし、お高の心の中には作太郎という人がいるわけだし、その後とくに返事を求められたわけでもないのでそのままになっている。

もちろん草介のことは嫌いではない。仕事もできるし、頼りになる。打てば響くように返事が返ってきて話がつきない。いっしょにいて心地よい。

しかし、草介とは友達だ。恋とは違う。絶対に違う。

人を想うということは、もっとこう、わくわくするようなものだ。切なかったり、ときめいたり、時には身を焦がすような強い感情であるはずだ。

「おい、この豆うまいな」

酒がまずくなると言ったくせに、気づけば草介がのんきな顔で炒り豆をつまんでいる。

やはり、自分の考えすぎか。お高は少し安心する。

「炒り豆ならまだ、たくさんあるわよ。持ってく？」

「いいよ。じゃぁさ、お吟さんのことは頼むよ。なんかあったら、俺に言ってくれ。なんとかするから」

草介はそう言って帰っていった。

お吟はそれからも、ちょくちょく丸九にやって来た。道を間違えたとか、物を落としたとか話すことが多くなった。

「少し物忘れがひどいようですね」

その日、食事をして帰るお吟を見送って、お栄が言った。

「うちの長屋にもいるよ、そういう人。朝、食べたことを忘れて、しょっちゅうお腹がすいていると言うんだ」

お近が続ける。

「話をすると、ふつうなんだけれど」

「そういうものらしいですよ。受け答えはしっかりとしている。昔のことはよく覚えている。だけど、今、目の前のことが分かっていないんです」

お栄が静かな声で答えた。

「これが続くと、どうなるのかしら。ほかのお客さんに迷惑がいくと困るわねぇ」

お高の心配は、すぐ現実のものとなった。

次にお吟が店に来て、食事を終え、店を出る段になって、お吟は財布の中に金が入っていないと騒ぎだしたのだ。

「いえ、財布はあるんでございますよ。でも、中にお金が入っていないんです。出るときに、たしかに確かめました。ですから、途中で……」

「なんだよ、ばあさん。誰かに盗《と》られたって言いたいのかい」

近くにいた男が苛立《いらだ》ったような声をあげた。

「いいえ。そういうことではございません。私が申し上げているのは、ただ、財布の中が……」

お吟は硬い声で繰り返した。

「申し訳ありません。お客様のことを疑っているというようなことは一切ありませんから。いつも、丸九にいらしているお客様には、そういう方はひとりもいらっしゃいませんから」

お高があわてて取りなした。

店中の者が、こちらを注視しているのが分かる。

男は金を投げるように払うと、不機嫌そうに肩をゆすりながら出ていった。

厨房から出て来たお栄が、お吟の相手をした。

「もしかしたら、途中で落としたのかもしれないですよ。あたしがついていきますからね、来た道を戻りながら探してみましょうね」

やさしく声をかけ、お吟を外に連れ出した。

「なんだよ、呆《ぼ》けたばあさんか。まったく、けったくそ悪いなぁ」

お客の中から、そんな声が聞こえた。

お栄が戻って来たのは、小半時ほど過ぎてからだ。

「どうだった？　お金は見つかったの？」

お高はたずねた。

「ありましたよ。小引き出しにちゃんと入っていました」

「じゃぁ、お吟さんが財布に入れるのを忘れたのね」

「そうみたいですね」

答えたお栄は洗い物の山を見て、顔をしかめた。

三人で回している店でひとりが抜ければ、たちまち仕事が滞る。客の少ない時間とはいえ、お高はお近とふたり、あわただしい思いをしたのだ。

「そろそろ、あたしたちでは手に負えなくなっているんじゃないですか。このままじゃ、ほかのお客さんの気分も悪くしてしまいますよ。草介さんに相談してみたらどうですか。ご家族の問題もあるようですから」

お栄がめずらしく強い調子で言った。

「なにか、感じることがあったの？」

「呆けているかどうか調べる方法があるって聞いたから、試してみたんですよ。ちょっとした足し算、引き算とか、物の名前を言うとか。……全然、だめでしたよ。昔のことは、細かく覚えているんです。でも、さっき店にいたときのことはきれいに忘れています」

お吟には申し訳ないが、これ以上は受け入れられない。お高は草介に断ろうと思い、植定に向かった。

さすがに植木屋の庭である。門の脇には枝ぶりのよい松が植わっていて、つつじにれんぎょう、山吹《やまぶき》と季節の花が咲き、小さいながら池があって鯉《こい》が泳いでいる。すみずみまで手入れが行き届いている。

玄関で訪《おとな》うと、草介の母親のお種が出て来た。

「あら、お高さん、お久しぶり。草介は今さっき帰ってきて、風呂に行ったところだよ。もうそろそろ戻って来るはずだから、中で待ちなよ」

お種はしゃきしゃきとした物言いで、招じ入れた。すらりと背が高く、目元のあたりが草介とよく似ている。

座って待っていると、お種が茶と羊羹《ようかん》を運んできた。

「いい香りのお茶ですね」

「煎茶《せんちゃ》に柚子《ゆず》の皮の干したのを混ぜているんだよ。毎年、冬に干しておくんだよ。今日は生け花の稽古《けいこ》がある日で、さっきまでお冬さんとお清さんもいたんだ」

部屋の隅に置かれた花器に花菖蒲《はなしょうぶ》とつつじが生けてある。

「まぁ、きれい。色合わせもよくて、すがすがしいですね」

「そうだろう。よかったら、手の空いたときにお稽古においでよ。みんなでおしゃべりしながらだから楽しいよ。もちろん、お冬さんたちといっしょじゃないよ。あの人たちとは別に、若者組があるから安心しておいで」

「ありがとうございます。でも、毎日、あれやこれやとばたばたしていて、お稽古に通う時間がないんですよ」

「そうかぁ、そうだねぇ。丸九さんは忙しいか。残念だねぇ」

そんな話をしていると、草介が戻って来た。

「あれ、お高さん、どうしたんだ」

「いいえ、お吟さんのことで、ちょっと相談」

お高は金がなくなったと言いだして、ほかのお客ともめたことを話した。

「だからね、申し訳ないけれど、もう丸九ではお吟さんのことはちょっと……。女中さんでもついてきてくれるんだったらいいんだけど。いつもひとりだから……」

「そうだよなぁ」

草介は眉根をよせた。

「ご家族はお吟さんがああいうふうだってこと、知っているのかしら」

女手ひとつで育ててもらったのだ。息子も娘も、もう少し母親のことを気遣ってもいいではないか。そんなお高の気持ちを草介は感じ取ったらしい。

「もちろん知っているよ。息子さんは心配している。だけど、お吟さんがあの部屋から離れない」

「つつじを育てるのに都合がいいって言っていたけど、ほかに特別な理由があるのかしら。思い出がたくさんあるとか」

「思い出があるのは、母屋のほうだろう。ご主人の思い出があるから、母屋に行くのが嫌なのかな」

草介がぽつりとつぶやいた。

――家の中には主人の気配が残っているんでございますよ。毎朝使っていたお茶碗も箸も、大事にしていた煙管も、読みかけの書物も、なにもかも同じ場所にあるんですよ。それなのに、あの人だけがいないんです。

そう言ったときのお吟の顔が浮かんだ。

「ある日突然亡くなったって聞いたけど」

「うん。凍死なんだよ。寄り合いに出かけて、帰りにね」

雪の降る寒い晩だった。

寄り合いがあって、亭主はひとりで出かけた。朝になっても戻らないので、組屋敷の仲間たちが探しに出ると、道に倒れて亡くなっているのが見つかった。足をすべらせて転び、打ち所が悪く、そのまま気を失った……。

「早く気がつけば助かったかもしれないけど、暗くて寒い雪の夜だからさ。人通りもなかったんだな」

「それは……、思いが残るわね。ああすればよかった、こうすればよかったって思うだろうし」

そのご亭主との思い出のあるつつじが枯れた。お吟の中でなにかが変わってしまったのかもしれない。

「まあ、ともかく、お吟さんのことでは手間をかけて悪かったな。そういうことじゃぁ、しかたない。あの人には、なんとか、うまいこと、言っておくよ」

そう草介は言い、お高が帰ると言うとお種はつつじの枝をたくさん持たせてくれた。


もらったつつじを丸九に飾ると、みんながほめてくれた。

「ほう、やけに立派なつつじじゃないか、どっから来たんだよ」

すぐに目をとめたのは徳兵衛だ。

「ああ、これはね、草介さんのところからですよ」

お近が答える。正しくはお種なのだが、わざとそのあたりをはしょって伝えたのだ。

「おお、そうか。やっぱりなぁ。花の色がほかとは全然違うよ」

案の定、徳兵衛はほめちぎる。

「もう、こんな季節なんですねぇ」

惣衛門が目を細める。

「やっぱり、花はいいねぇ」

お蔦もほほえむ。

久しぶりにやって来た作太郎ともへじも喜んだ。

「ちょうど今、つつじを描いているんですよ」

と作太郎。

「すっかり心を入れ替えて、絵に取り組んでいるんですよ」

もへじが笑う。

意外なところでは、注文を取りに来た八百屋の主である。

「おお、立派なつつじだ。緋色《ひいろ》だから霧島つつじかな」

「あれ、あんた、見かけによらず花の名前に詳しいんだねぇ」

お栄が言う。

「見かけによらずは、よけいだよ。昔、奉公していたお屋敷のご主人がつつじが好きでね、それで、俺も覚えたんだ。紅色が紅霧島で、朝桜、旭小町、壬生の花……。俺が一番好きだったのは、羽衣っていうのだ。そう言ったら、ご主人もうれしそうな顔をしたな。自分もそうだって」

八百屋は懐かしそうな目をした。その目が一瞬、曇った。

「ほい、そんな話をしてたら昼になっちまう。大根に瓜に、葉ねぎに芋か。そんなところでいいかい」

すぐに表情を変えると足早に出ていった。


その日、店を閉めて片づけをしているとき、お栄が何気ない調子で話しだした。

「今日、久しぶりに作太郎さん来てましたねぇ。案外、元気そうでしたね」

「案外って？」

鍋をふく手を止めてお高は振り返った。

「いえね、ちょっと噂《うわさ》を耳にしたんですけどね。英《はなぶさ》の後始末が大変で、作太郎さんが苦労していらしいって」

「おりょうさんの次の店が決まらないって聞いたけど」

お高はたずねると、お栄が待ってましたという顔になった。

「それだけじゃないんですよ。じつはね、時蔵さんの知り合いの店の話なんですけどね、英の先代にお金を貸していたんですって。それで、証文を持って行ったら、金がないからこれで勘弁してもらえないかと飾り皿を持ってきた」

「飾り皿？」

「作太郎さんが焼いたものですよ。店で使っていた皿小鉢は菊水庵《きくすいあん》がそっくり持っていったけど、着物とか皿とか、家族のものは残ったんでしょうね。その人は、値打ちがあるんだかないんだか分からないものをもらっても困るって嘆いていたって」

「失礼ね。そんなことを言うなら、私がその皿を買うわよ」

お高は思わず高い声になった。

「やめてくださいよ。高くつきますから」

お栄は渋い顔になった。

「あたしが言いたいのはね、店を閉めるのは大変だって話ですよ。今までは、英があるから作太郎さんものんきにしていられたけど、これからはそうもいかない。なにしろ、住むところだってなくなっちゃうわけだから」

以前、ふたりで寄席《よせ》に行ったとき、作太郎がめずらしく愚痴めいたことを言っていた。それは、このことだったのかと、お高もやっと気づいた。

あの作太郎に人に頭を下げることができるのだろうか。ずいぶんと情けない思いをしているのではあるまいか。そういえば、久しぶりに見る作太郎は少しやせていたような気がする。さまざまな思いが同時にわきあがった。

「まぁまぁ、あたしがまたよけいなことを言いましたよね。大丈夫、双鷗《そうおう》先生もへじさんもついているから、作太郎さんのことは心配ないですよ」

お高の顔色が変わったのを見て、お栄はあわててなぐさめのような言葉をつけ足した。

お栄の言葉を聞いて、お高は落ち着いていられなくなった。作太郎に会いたい。会って、その後の話を聞きたい。いや、作太郎のことだから内情は教えてくれないだろう。ただ、いい方向に行っているのかどうかだけでも確かめたい。

お高は双鷗画塾に料理をつくりに行くことにした。料理は、以前、作太郎が好きだと言っていた小竹葉《おささ》豆腐である。

台所に行くと、いつものように秋作とお豊がいた。

「あ、お高さん、いいところに来てくれた。汁の味が決まらないんですよ」

秋作はこれで助かったというような顔をする。

汁は味が決まらず、芋の煮ころがしはいつまでたっても芋がやわらかくならず、鯖《さば》のみそ煮は生臭いのだと訴える。

「里芋は下ゆでして、芋がやわらかくなってから味をつけるのよ。醬油《しょうゆ》や砂糖を入れたら、固くなってしまうって教えたでしょ」

「あ、そうだった」

相変わらず悪びれない秋作は、笑いながら頭をかく。

「塾生は腹に入ればなんでもいいんですよ。そんな、手間をかけることはないですよ」

そばでお豊がおおらかに笑う隣で、お高は秋作に知恵を授ける。

「鯖は湯が沸き立ったところで入れないと。そうねぇ。もう少し生姜を足してみる？」

「わかりました。やってみます」

生姜を取り出した秋作に、お高はさりげなく探りを入れることにした。

「ねぇ、作太郎さんは今、こっちにいるんでしょ。英じゃなくて」

「ああ、そうですよ。だって、英はもう、菊水庵のものになったんじゃないんですか。以前、焼き物をしていたときに使っていた部屋で寝起きしています」

「じゃぁ、そこで絵を描いているのね」

ひとつ踏み込んでたずねる。

「どうですかねぇ。金策が大変で、絵にまで手が回らないんだろうって、噂ですけど。お父さんが残した骨董《こっとう》だけじゃ足りなくて、自分で焼いた皿まで売ってるって聞きましたから」

秋作はお栄と同じようなことを言う。

「やっぱり、そうなのね」

お高は胸が苦しくなった。

「あ、私から聞いたことは内緒にしておいてくださいよ。まずいなぁ。知らなかったんですか。まいったなぁ」

秋作は自分の頭をぽんぽんとたたいた。

「ううん。大丈夫よ。その噂はよそからも聞いているから」

気を取り直したお高は棚から小さい釜《かま》を取り出して、三人分の米を研ぐ。双鷗と作太郎、もへじの分のつもりだ。火にかけると、みそ汁の用意をする。持ってきた風呂敷包みをほどき、串《くし》を刺した木綿豆腐を取り出した。

「今日は何が出来るんですか？」

秋作が興味津々という顔でたずねた。

「小竹葉豆腐。焼き豆腐の卵とじなの」

七輪《しちりん》にのせてこんがりと焼きはじめる。

「うまそうだな。私にもつくり方を教えてくださいよ」

「だって、あなたはいくら教えてもすぐに忘れる。きちんと覚えないじゃないの。教える甲斐《かい》がないわ」

お高が少し強い調子で言うと、秋作は情けない顔になった。かわいそうになって、教えることにする。

そんなふうに台所であぁだ、こうだと言っていると、もへじが顔をのぞかせた。

「お高さんの声が聞こえたと思ったら、ここでしたか。さっそく、双鷗先生に伝えますよ。喜びますよ。作太郎も、午後中ずっと絵を描いてましたから、腹をすかせてますよ。俺もですけど」

「作太郎さんも絵を描いているんですね」

お高はうれしくなって思わず念を押す。

「そうですよ。もちろん」

「ご飯が炊けたら、お食事をお持ちしてもいいかしら」

「どうぞ、どうぞ、お願いします」

もへじは双鷗の部屋に向かった。

お高は小竹葉豆腐の仕上げにかかる。

鍋にだし汁と醤油、みりんを入れて煮立て、ざっくりとちぎった焼き豆腐を入れて煮る。溶き卵を回し入れて半熟のところで火からおろす。器によそって薬味は粉山椒《こさんしょう》だ。

膳にご飯と汁、小竹葉豆腐、ぬか漬けを盛り付けた。

熱いところを双鷗の部屋に運ぶ。

二階の双鷗の居室にはすでに、双鷗ともへじ、作太郎が待っていた。

「あら」

襖《ふすま》を開けたお高は小さく声をあげた。

床の間には大ぶりの花入れに紅色のつつじの一枝が生けてあった。その花入れは、白い土に薄青い釉《うわぐすり》がかかっていた。

作太郎が焼いたものだろうか。

だとしたら、以前からここにあったものだろうか。それとも、作太郎を助けようと双鷗が買い上げたものだろうか。秋作から内情を聞いたばかりのお高の頭は忙しく、くるくると回る。

しかし、作太郎も双鷗ももへじも落ち着いたものである。

「いや、もへじからお高さんがいらしていると聞いて、うれしくなってしまってね、もう、仕事のほうは片づけてしまいましたよ」

双鷗が相好《そうごう》をくずす。

「ああ、これは……、小竹葉豆腐じゃないか」

膳を見た作太郎が声をあげる。

「まかない料理のようなものですみません。父が好きで、よくつくっていたと聞きましたので」

お高は言った。

「そうですか。九蔵さんのね。英でまかない料理のようなものがいただけるのは、相当の常連なんですよ」

双鷗はさっそく箸をとった。

「ああ、英の味だ」

作太郎が言う。

「それを言うなら、丸九の味でしょう」

もへじがまぜ返す。

「同じじゃ、ないんですか」

双鷗が笑う。

「あの、床の間のつつじがきれいですね」

頃合いを見計らって、お高はたずねた。

「いいでしょう。花入れがいいから映えるんですよ。気がつきましたか、作太郎が焼いたんですよ」

双鷗がにこやかに答えた。

「そうではないかと思いました」

「去年、思いついて焼いてみたんですよ。まぁ、焼き物は遊びですから」

作太郎が恥ずかしそうな顔になる。

「いや、そんなことはない。だけど、あんまりほめると、作太郎が調子にのってますます絵から遠ざかってしまうからね」

「作太郎は、このところ、ちゃんと描いていますよ。ご安心ください」

もへじが答える。

「そうですか。だったらいいけど。絵を描くから絵描きなんだ。あんまり世間のことに流されないようにしないと。そうでないと、自分を見失う」

それから、双鷗は絵について語りだした。作太郎ともへじが加わり、三人は楽しげに語り合っている。お高は少しかしこまって座り、黙って話を聞いていた。話の内容はほとんど分からなかったが、双鷗が作太郎の画才を認め、期待していることがよく伝わってきた。

それがうれしかった。

三

梅雨の走りの雨が降った。その日、お吟がふらりとひとりで丸九にやって来た。

草介が上手に伝えたらしく、あの日以来、ぴたりと来店がなかったのだが、日が過ぎてそのことも忘れてしまったのだろうか。お高は少し心配になった。

お吟は奥の席に座り、お近が膳を運んで行った。

献立《こんだて》は、小えびとごぼうのかき揚げにねぎ坊主の天ぷら、かさごの煮つけ、青菜のおひたしとあおさのみそ汁、ぬか漬けとご飯、甘味は杏《あんず》の甘煮である。

「おや、これは……」

お吟は皿に目をとめた。

「ねぎ坊主です。この前、試しに出してみたら、みなさんがおいしいと言ってくれたので、今日もつけてみました。もう少しすると花が咲いてしまうから、おいしいのは今の時期だけなんだそうですよ」

お近が説明する。

「ああ、そうですか。それでね」

お吟がにこにことした。

食事が終わったころ、お高が茶を注《つ》ぎに行った。

「お口に合いましたでしょうか」

「ええ、おいしゅうございました」

そう答えた皿の上にねぎ坊主だけが残っている。

「あら、お嫌いでしたか」と問うと、お吟は懐かしそうに語りだした。

「いえね、昔、うちの主人がねぎ坊って呼んでいた小僧さんがおりましたよ。十歳だったかしらねぇ。頭がね、ほんとうにくりっと丸いんですの。多摩の田舎《いなか》から来た子でしたけれど、一所懸命よく働いてくれました。主人が亡くなって、小僧さんを置くこともできなくなったから辞めてもらったけど、賢くてかわいらしい子だったんです。このねぎ坊主の天ぷらを見ていたら、その子のことを思い出してね、食べられなくなってしまったんですよ」

「まぁ、そんなことがあったんですね。おっしゃっていただければ、ほかのものに替えましたのに」

「いいえ、いいんですのよ」

そう答えたまま、今度は急に黙ってしまった。次の瞬間、大粒の涙をほろりと落とした。

「どうなさいました？」

お高は驚いてたずねた。

「いいえ。昔のことを、あれこれ思い出してしまって。ごめんなさい。今日は、これで失礼をいたします」

お吟は立ち上がり、勘定をすませると、とぼとぼとした足取りで戻っていった。

その晩のことだ。夜も更けて、お高が二階の部屋にいたとき、裏の戸がたたかれる音がした。

階下に降りて、そっと戸を開けるとお吟がいた。

「申し訳ございません。あの子の姿が見えないんでございます。あの子がいないと、困るんです。大変なことになるんですのよ」

「子供さん？　お孫さんですか」

「孫ではございません。奉公人ですよ。十歳になります。私どもはねぎ坊って呼んでいるんでございます」

お吟はひどく焦った様子で言った。

「その方がいらっしゃらないいんですね」

「そうなんですよ。どこを探してもいないのです」

「とにかく中にお入りください。少し落ち着きましょう」

お高はお吟を厨房に招じ入れた。明かりを灯《とも》し、水がめの水を汲《く》んですすめた。

「その奉公人の方、ねぎ坊さんがいなくなったのに、いつ、気づいたんですか」

「今さっきなんです。主人を迎えに行かせようと思ったら、いないことに気づいたんです」

「ご主人……」

亡くなった夫のことを指しているのだろうか。

お高はお吟の様子をながめた。寝巻の上に着物をひっかけ、しごきで結んでいる。はだしに古い草履《ぞうり》をひっかけていた。

「お願いします。いっしょに探してくださいませ。お願いします」

お吟は懇願した。

「わかりました。でも、夜も遅いですから、明日の朝になさったらどうですか」

「そんな悠長なことを言っていてはだめなんですよ。ねぎ坊がいないと、大変なことになるんでございます。うちの人が困るんです」

お高の手をつかんで、ゆすった。

「分かりました。それでは、私もいっしょにまいります。足元、お寒くないですか？」

お高は穏やかな声でたずねた。

「寒くなんかないですよ。でも、急がないと。もうじき、雪が降りますから」

お吟は真顔で答えた。

お吟の夫が死んだのは雪の日だったと聞いた。お吟は今、夫が出ていった晩を思い出しているのかもしれない。お高は困って唇を噛んだ。こんなとき、お栄でもいたらお吟の家に報《しら》せることもできるのだが、今はお高ひとりである。

「私も探しに行きます。ちょっと待っていてくださいね」

二階に上がると、急いで着替え、戻って来た。

「ねぎ坊さんはまだ小さいから、そんなに遠くに行っていないと思いますよ」

提灯《ちょうちん》に火を入れ、お吟にも持たせ、外に出た。路地は暗く、人の気配もない。表通りに出たが、どの商家も戸は閉め切っていて、もれてくる明かりもない。月が高くのぼっていた。

「ねぎ坊さんはどんな背格好なんですか」

「丸い頭なんですよ。ねぎ坊主みたいな」

「かわいいですね」

「ええ、素直で、体を動かすのを厭《いと》わないです。だから、私もかわいがっているんです。

私にも息子がおりますからね、こんな小さい子を奉公に出す母親はどんな気持ちかと思うんですよ。だから、ひもじい思いだけはさせたくないと思っていましてね」

「やさしいですね。なかなか、そんなふうに考える方はいらっしゃらないですよ。奉公人は奉公人だからと」

はっとしたように、お吟は足を止めた。暗闇《くらやみ》をじっと見つめている。

低い声でつぶやいた。

「そうなんですよ。奉公人は奉公人なんです。あんなふうに、私が中途半端な情けをかけたからいけなかったんです」

お吟は突然、大きな声をあげて泣きだした。

「だから、うちの人は……て、うちの人は……」

のどから絞り出すような声で地団太を踏む。暗闇の中へ駆け出していきそうになる手をお高はしっかりとつかんだ。

「分かりました。分かりましたから。どうか、落ち着いてくださいね」

「ですから……、ですから……」

お吟はしゃがみ込み、嗚咽《おえつ》した。

お高はお吟の背中をなでた。

「落ち着いてください。ねぎ坊さんはすぐ見つかりますよ。だって、ほら、見てください。

空に星が出ていますよ。雪なんか、降っていませんよ」

　お吟はしばらくすすり泣いていた。お吟が少し落ち着いて泣きやんだので、お高は声をかけた。

「ねぎ坊さんは、そろそろ家に戻ってくるころかもしれませんよ。戻りましょうか」

　お吟の手をひくと、お吟は素直に立ち上がり、歩きはじめた。

　組屋敷の近くまで来ると、向こうに提灯の明かりが見えた。

「ああ、大奥様。こちらでしたか。旦那様が心配されていましたよ。あなた様が連れてきてくださったんですか。どなたか存じませんが、ありがとうございます」

　中間《ちゅうげん》のような男が頭を下げた。

「お吟様のお屋敷の方でいらっしゃいますね。それではお任せいたしますよ」

　男の照らす提灯の明かりとともに、ふたりの後ろ姿が遠ざかっていくのをお高はしばらくながめていた。見上げると、いつの間にか月は西の方に動いていた。お高は今来た道を戻った。


　翌日、午後の遅い時刻にお吟の息子の長一郎《ちょういちろう》が丸九をたずねてきた。

「昨晩は母が大変、ご迷惑をおかけいたしました。申し訳ありません」

　長一郎は深く頭を下げた。お高は店に招じ入れた。床几《しょうぎ》をすすめ、たずねた。

「お吟さんのご様子はいかがですか。落ち着いていらっしゃいますか」

「はい。おかげさまで。昼までぐっすりと眠り、先ほど目覚めました。あまり、ゆうべのことは覚えていないようです」

「そうですか。こちらもびっくりいたしましたが、前にも、こんなことがあったんでしょうか」

「いいえ。今までも、多少、とんちんかんなことを申したこともありましたが、こんなふうに……、つまり……、その……家を出るというのは初めてのことです」

長一郎は言葉を選びながら答えた。

浅黒い肌で骨組みのしっかりとした体つきで、眉は太く、切れ長の強い目をしていた。

お栄が茶を運んできた。最後のお客が席を立ち、勘定を払って出ていった。

「お吟さんは、しきりと、ねぎ坊という奉公人の方の名前を呼んでいらしたんですが」

「ねぎ坊というのは、父がまだ生きておりましたころ家にいた奉公人の呼び名です。私は小さかったので記憶がないのですが、十歳くらいだったと聞いております」

「お父様が亡くなられたのは、雪の日だそうですね」

「ええ。寄り合いに出かけて、その帰りに足をすべらせて頭を打って……、倒れたのだと聞いております。夜更けのことで、人通りもなく、翌朝見つかったときには、すでにことされておりました。医者は凍死だと言ったそうです。私は、そのとき三歳で、当時のことは覚えておりません。父のことも、母から聞くだけなのです。母はよく、私が父に似ていると申します」

長一郎は少し照れたように笑った。白い歯がのぞいた。

きっとよく似ているのだろう。面差《おもざ》しも、声も、ちょっとしたしぐさも。

「亡くなったお父様とお吟さんはとても仲がよろしかったとか」

「そのようです。母をつつじ好きにさせたのは、父なんです。最初に買ったひと鉢を玄関の脇に地植えした。それが、去年、なぜか枯れた。それとともに、母の元気もなくなった……。母が父と暮らしたのは五年にも満たないんです。楽しい、いい思い出だけがあるのだと思います」

長一郎はしばらく逡巡《しゅんじゅん》していたが、心を決めたように顔を上げた。

「こちらのお店のことは、植定の草介さんからうかがいました。母はこちらの店にうかがうことをとても楽しみにしていたようなのです。お食事ももちろんですが、みなさんとおしゃべりすることが、力になると申しますか。……これからは女中か、誰かをつけますので、たまにはこちらに、うかがわせていただくことはかないますでしょうか。何度もご迷惑をおかけしたうえに、手前勝手なお願いで恐縮ではありますが」

「もちろんですよ。そんなふうに思っていただけたら、こちらもうれしいです。お吟さんにお伝えくださいい。ご気分がよくなりましたら、どうぞ、また、お運びください。待っておりますから」

お高が言うと、長一郎は目をしばたたかせた。

「ありがとうございます。それを聞いたら母も喜びます」

長一郎は何度も礼を言って帰っていった。


それからしばらくして、お吟が若い女中を伴ってやって来た。なんだか、申し訳なさそうな顔をして入り口のところで立っている。

「お久しぶりです。さあ、中にどうぞ」

お近が明るい声をあげると、その言葉に誘われるように入って来た。奥の席に座る。

膳を運んで行ったお高に深々と頭を下げた。

「先日は大変、ご迷惑をおかけいたしました」

「いいんですよ。気にしないでくださいませ。そういえば、草介さんから聞きましたけど、羽衣が元気になったそうですね」

その言葉にお吟の顔がほころんだ。

「ええ。そうなんでございますよ。なんでも根のほうに水が溜《た》まっていたとかで。おかげさまで小さいけれど若葉が出ました。若棟梁も、これなら大丈夫って言ってくださったんです。今年は無理ですけれど、来年は、また花がつくだろうって」

「それは楽しみですね」

お栄が運んできた膳を見て、目をみはる。

「今日は鯖のみそ煮なんですね。亡くなった主人の好物でございました。月命日で、墓参りに行ってきたんですよ」

この日の膳は鯖のみそ煮、おろし生姜とかつお節を添えた焼き豆腐、桜えびと青菜の和《あ》え物、ぬか漬けに白飯、あおさのみそ汁、それに甘味はあずきの甘煮である。

鯖のみそ煮を慈しむように口に運びながら、お吟は言った。

「息子にも言われましてね、家に残しておいたつつじは全部、植定さんに引き取っていただいたんです。最後まで迷っていたひと鉢も手放しました。そうしましたらなんだか淋《さび》しくなって、ここ数日、落ち込んでおりましたんですよ」

本当に全部、手放してしまったのだ。

その潔《いさぎよ》さは本来のお吟らしいように、お高には思えた。

「でも、今朝、主人の墓参りにまいりましたら、うれしいことがありましたの。お墓にね、つつじの花が供えられていたんですよ。どなたか存じあげないのですが、毎年、つつじの季節になると、供えてくださる方がいらっしゃるんです。主人がつつじが好きなのをご存じなのね。最初は息子かと思ったけれど違うというし、組の同輩の方でもないの。不思議なことだと思っておりました」

　お吟は目を輝かせた。

「その花が、今年はなんと羽衣なんです。めずらしい種類ですから、どこにでもあるというものではないんですよ。私は、主人からの言葉だと思いました。主人が、そのどなたかの力を借りて、羽衣を見せてくれたんです」

　お高がお吟たちに「ごゆっくり」と声をかけ、厨房に戻ると奥の戸が開いて八百屋が顔をのぞかせた。

「遅くなって悪かったねぇ。頼まれていた三河島菜が入ったから持ってきたんだよ。売れちゃうと困るからさ。それから、これはおまけだ」

　つつじの枝を手渡した。

　めずらしい花だった。つつじは一重が多いが、その花は八重咲きで、ところどころに紅色の絞りが入っている。

「きれいだろ、羽衣っていうんだ。天女の羽衣。枝にいっぱい咲いているとさ、天女の羽衣みたいに見えるんだよ」

「羽衣、これが羽衣なの」

　お高は思わず、聞き返した。

「そうだよ」

不思議そうに問い返した。

四十がらみの八百屋の髷を結った頭は、きれいな丸い形をしていた。

十歳のころ、奉公に行ったのはお武家。その家のご亭主はつつじが好きで、とくに大事にしていたのは羽衣。だが、そのご亭主が突然亡くなって宿下がりをした。

胸の奥でカチリと音がして、扉が開いた気がした。

どうして気がつかなかったのだろう。

「じゃあ、おじさんがねぎ坊なのね」

言われた八百屋は、はっとした顔になった。

「今日、亡くなったご主人のお墓にこのお花をお供えしてきたんでしょ。お吟さん、今、お店に来ているのよ。お食事しているわよ。挨拶していく？」

「いや、だめだ」

八百屋はお高がたじろぐほど、はっきりと大きな声で答えた。

「なんで、奥様がこんなところに……。いや、だめだ、だめなんだよ。会ったらいけねぇんだ。奥様には俺がいること、黙っていてくれ。俺の顔を見たら、悲しい気持ちになるから。だってさぁ、だって、旦那様が亡くなったのは、俺のせいなんだよ」

顔をくしゃくしゃにして一気に言うと、そのままうつむいた。

お栄もお近も仕事の手を止めて、ふたりのやりとりに耳をすませている。

「あの日、あの雪の降った寒い日、最初、旦那様は寄り合いに行くから、俺を連れて行くはずだったんだよ。だけど、その日は雪が降っていたし、酒が出るから帰りは遅くなるのが分かっていたんだ。それで、奥様が言ったんだ。かわいそうだって。自分の子供だったら、そんなふうに声をかけないだろうって。それで、旦那様はひとりで出かけた。そして、雪に足を取られて転んで……」

亡くなったのだ。

「俺は、あの人になんて言えばいいんだよ。申し訳ありませんなんて、千回言ったって足りないよ」

そのとき、お高の背中で声がした。

「申し訳ないけれど、お茶をもう一杯、いただけないかしら」

お吟だった。八百屋はお吟の顔を見ると、棒を飲んだような顔になった。お吟は一瞬、不思議そうな表情になり、次の瞬間、大きく目を見開いた。

「あなた、もしや……、七蔵……」

「はい。七蔵です。昔、お宅に奉公しておりました七蔵です。その節はありがとうございました」

八百屋は深く頭を下げた。お吟は言葉を失って立っている。

「奥様のおかげで俺は、今も、ちゃんとこうして暮らしを立てております。それは、奥様に口のきき方、挨拶、飯の食い方、そういうのを全部教えてもらったからです。あのあと八百屋に奉公して、そこの主に目をかけてもらって娘といっしょになりました。今は、八百屋の主です」

「そう……」

「旦那様のことは、今でも本当に申し訳ないと思っています。あのとき、俺が眠そうにしていたのがいけないんです。寒くて、疲れていて、それで寝たふりをしちまった。あのとき、本当は目が覚めていたんだ。行かなくちゃ、いけないと思っていたんだ」

その言葉を聞くと、お吟はぽろぽろと涙を流した。

「俺は七人兄弟の末っ子だ。兄ちゃんや姉ちゃんからいつもいじめられていた。食い物はいつも半分とられた。寝てると、寝相の悪い兄ちゃんたちに押されて、布団からはみ出していた。ちゃんと、ご飯が食べられて、ゆっくり寝る場所をもらえたのは、あの家に行ってからです。うれしかったです。ありがたかったです。小さな坊ちゃんも、嬢ちゃんもかわいかったです。だから、奥様には感謝しかありません。それなのに、俺は……。どうぞ、ご自分のことも大切に思ってください。もう、ご自分を責めないで。奥様が悲しんでいると、旦那様も悲しくなると思います」

八百屋はいつの間にか、十歳の子供のような目をしていた。

じっと八百屋を見つめていたお吟は、ふと、自分の手をながめた。

「こんなにやせてしまって、もう、重いものが持てなくなってしまったの。私ね、あれからつつじを育てることにしたの。つつじはお金になるって教えてくれた人がいたから。でもね、それも、終わりにしました。もう、水やりも剪定《せんてい》も忘れてしまうから。肝心なことばかり。どうでもいいことは覚えているのにね。今日、主人の墓に行ったら、羽衣が供えてあったの。いったい誰だろうって、ずうっと考えていた。……あれは、ねぎ坊だったのね。ありがとう」

「羽衣はずいぶん前に、植木市で見つけて手に入れたんです。地植えしたら大きくなって、たくさん花をつけるんですよ。俺は花を見るたびに、奥様に教えてもらったことを思い出すことにしているんです」

八百屋は懐かしそうな顔になった。

「よかったわ。お目にかかれて。とっても立派になっていて、ご商売もうまくいっているんでしょう。分かりますよ。こちらのお野菜、全部おいしかったです。天女の羽衣の話は知っているでしょ。天女が空に帰ってしまって、残された人たちはどうなったんだろうって、私はずっと考えていたんですよ。淋しくて、悲しくて、毎日、泣いていたんじゃないのかって。でも、今、分かりました。淋しいのも、悲しいのも本当だけど、忘れることはないけれど、前を向くことも、幸せになろうとすることも大事なのね」

お吟は背筋をのばし、りんとした声で語りかけた。

「そうしてください。坊ちゃんや嬢ちゃんのためにも、お願いします」

八百屋はもう一度大きな声で答えた。


数日後、草介が丸九に手下を連れてやって来た。勘定を払いながら、いたずらっぽい目をして言った。

「お袋が生け花習いに来いってお高さんを誘ってるだろ」

「そうそう。この前、お宅にうかがったときにね」

「やめとけ。やめとけ。あそこは暇な中《ちゅう》ばあさんや、花嫁修業の娘が来るところだ。花を習うより、口を動かしている。お高さんのような人が行くところじゃない」

「そう。じゃぁ、やめておく。いただいたつつじを生けたらみんなにほめられたから、どうしようか、考えていたの」

お高はぽんぽんと返事をする。

「お、それからさ、お吟さん、あの北の離れを出て、息子夫婦といっしょに母屋で暮らすことにしたそうだ。亡くなったご亭主のことを思い出すから、母屋に行くのが辛かったんだってさ」

「そう。それが理由だったんだ」

「俺が言った通りだ」

「そんなこと、言ってた？」

「言ったよ。植木屋ってのはしゃべらない木や草を相手にしているんだ。葉っぱや花や表に出てるところを見て、地面の下の根っこのことを考えるのが仕事だ」

「ふうん、頼もしいわね」

「そうさ。案外頼りになるんだぜ」

草介はうれしそうに、にやりと笑った。

第三話　瓜に爪あり

一

梅雨《つゆ》を通り越して、このまま夏になるのではないかというほど、いい天気が続いている。お天道様は高い空で輝いていて、日向《ひなた》を歩くと汗ばむほどである。丸九の膳《ぜん》にも夏の野菜や魚が並ぶようになった。

「あれ、これはなんだよ」

徳兵衛が大きな声をあげた。

「だから、みそ炒《いた》めですってば」

お近は繰り返した。

「なんの？」

「白瓜《しろうり》と豆腐《とうふ》」

「はあ？　白瓜ってのは漬物にするんじゃねぇのか」

徳兵衛が首を傾《かし》げる。

「まぁ、そんなことを言わずに食べてみましょうよ。おいしそうじゃないですか」

と惣衛門。

「瓜っていうのは体のほてりをとるそうだから、今日みたいな日にはいいらしいよ」

お蔦《つた》がなだめるように言う。

その声は厨房《ちゅうぼう》にまで聞こえてきた。

わがままな惣領《そうりょう》息子として育った徳兵衛は、孫がいる今でも好き嫌いが多く、目新しいものが出ると、つい文句を言いたくなるらしい。お高はあわてて、三人のところに行く。

「なすの鍋《なべ》しぎというのがあるでしょ。白瓜でつくってみたんですよ。少しだけ苦味があるから、面白いかなと思って」

「はぁ、はぁ、なるほどね」

惣衛門がうなずく。

お蔦がさっそく皿に箸《はし》をのばして目を細める。

「そうだねぇ、いいお味だ。ご飯に合うね」

誘われて徳兵衛もおそるおそる口に運び、ようやく笑顔になった。

その白瓜は豆腐屋の主《あるじ》が持ってきたものだ。

「試しに裏の畑に植えてみたら、もう、どんどん実がなるんだよ。漬物にしても食べきれねぇんだ。お宅で料理に使ってくれねぇか」

人の好《よ》さそうな豆腐屋は白瓜に、おまけの豆腐までつけておいていった。

素人《しろうと》が育てた白瓜だから小さくて、形もふぞろいだ。だが、包丁を入れると、ぱきりと音をたてて割れた中の身は汁気をたっぷりと含んでいた。平たい種を白い筋のようになったわたが包んでいる。身を薄く切って口に含むと、かすかな苦味とともに畑臭いような瓜の匂《にお》いが口に広がった。それはひと足先に味わう、夏の香りだ。

「俺は瓜が好きなんだよ。白瓜があって冬瓜《とうがん》、きゅうり。一番好きなのはまくわうりだ。あれは甘くてうまい」

この日も手下を連れてやって来た草介は日に焼けた顔をほころばせた。

甘めのみそ味の炒め物は飯に合う。男たちは健康な食欲を見せて、強い大きなあごで咀《そ》嚼《しゃく》し、たいらげていく。

三人が帰り、そろそろ店を閉めようかという時刻になって、もへじがひとりでふらりとやって来た。お近が膳を運んで行った。

「ほう、白瓜かぁ。こういう食べ方もあるんだな」

もへじは興味津々という顔で皿をながめると、ひとり言のようにつぶやいた。

「瓜《うり》に爪《つめ》あり、爪に爪なし」

「今、なんて言ったの？」

お近はたずねた。

「瓜みたいに、毒もとげもない、のんきそうな顔をしている野菜の漢字に爪がついているっていうのは、妙なもんだなって思ってさ」

「害のなさそうな人ほど危ないから注意しろってお栄さんが言っていたよ」

お近が答えると、もへじは膝《ひざ》を打った。

「まったくだ。お近ちゃんはいつも面白いねぇ」

もへじはときどき謎のようなことを言う。それはもへじが絵描きで、ほかの人とは心の働きが違うからだと、お近は思っている。本当に、もへじはほかの大人たちとは全然違う。大人というのはたいていたい分別臭いものだ。そうして、お近のような娘を見ると、説教したくなるらしい。

だが、もへじは違う。分別臭くない。どっちかといえば、説教をされる側にいるみたいだ。見かけは大人だが、中身はきっとまだ半分子供なんだ。それがもへじという人の生まれつきのものなのか、絵描きという生業《なりわい》からくるものなのかはわからないけれど。

「そうだ。瓜といえばかっぱだな。お近ちゃん、かっぱを見たことあるかい」

「ないよ」

「よし、だったら、いっしょにかっぱ釣りに行こう。本所《ほんじょ》の方に、かっぱが出る堀があるんだ。かっぱは瓜が好物だから、瓜を餌《えさ》にして釣り糸を垂らしているとかっぱが食いついてくる。そこを釣り上げるんだ」

もへじはいたずらを思いついた子供のように、目をきらきらとさせた。

お近は厨房に走っていってお高にたずねた。

「お高さん、明日、早く仕事をあがってもいいかなぁ。もへじとかっぱ釣りに行きたいんだ」

「かっぱ釣りぃ」

お栄が目を三角にした。

「だからね、本所の方にかっぱのいる堀があって、そこで瓜を餌にしてかっぱを釣るんだ」

お近は今聞いたばかりのことを繰り返した。

「そりゃぁ、おいてけ堀《ぼり》の話だろう」

皿を片づけながらお栄が笑う。

昔、男たちが、人気《ひとけ》のない堀へ釣りに出かけた。思いがけずたくさんの魚が釣れたので、帰ろうとすると、どこからか「置いていけ」という声がした。辺りに人の姿はなく、声は水の中から聞こえるようだ。おそろしくなった男たちは、ほうほうのていで家に逃げ帰った。家に戻って魚籠《びく》をのぞくと、たくさん入っていたはずの魚が一匹も入っていなかったとさ。

「それが、かっぱのしわざなの？」

「そうだよ。かっぱは怖いんだよ。子供は川に引きずり込まれて尻子玉《しりこだま》を抜かれる。あんたも、気をつけないと子供と間違われて引っ張り込まれるかもしれない」

「ふうん」

お近は上目遣いでお栄を見た。

お栄はときどき、勝手に話を面白おかしくつくるから、うのみにしてはいけないのだ。

お近が知っているかっぱは、薬屋の看板に描かれているものだ。頭に皿をのせ、背中に甲羅がある。口はとんがって、手に水かきがあった。その看板はかっぱ膏《こう》という軟膏を売るためのもので、製法をその昔、かっぱから教わったというのが名前の由来だ。すり傷、切り傷、やけどなど、ちょっとした怪我《けが》や傷によく効く便利な薬だ。

「かっぱ膏の看板のかっぱはかわいいよ」

「あれは、子供のかっぱだからだ。あんた、見世物でかっぱの木乃伊《みいら》を見たことないのかい」

お栄が真剣な顔でたずねた。

それで思い出した。

以前、鳥越《とりこえ》神社のお祭りに行ったとき、見世物小屋が出ていた。そこに、かっぱの木乃伊があると聞いた。表にはおどろおどろしい絵とともに、河童木乃伊という文字があった。見てきた人の話では、薄暗い小屋の台の上にはなにやら黒っぽい乾いたものがあったそうだ。古い木の枝を細工したものだろうと、その人は言った。

「ああいうのは、みんなイカサマなんだよ」

お近が言うと、お栄は「ばれちゃったか」というように、にんまり笑った。そのとき、ずっと話に加わらなかったお高が振り向いてたずねた。

「朝から出かけたいの？　朝の一番忙しい時間にはいてくれるとありがたいな。それだったら、かまわないけど」

そのひと言で、お近はもへじとかっぱ釣りに行けることになった。


待ち合わせの場所に行くと、もへじが女といっしょに待っていた。

「えっと、この人はお近さん、俺の友達。こちらは、錦《にしき》さん。やっぱり、俺の友達」

もへじが簡単に引き合わせた。

「あらあら、どんないい人とお出かけなのかと思ったら、ずいぶんかわいらしい人だったわ」

　錦はお近をちらりと見て言う。

　少し安心した様子なのを、お近は見逃さない。

　——なんだ、子供なのね。

　そんな心の声が聞こえた気がして、お近の胸が少しざわざわした。

「じゃぁ、行こうか。本所までだと半時ぐらいだな」

　もへじがのんきな様子で歩きだした。

　錦ももへじについて歩きだす。かっぱ釣りはもへじとふたりで行くつもりだったのに、錦という人もいっしょなのか。

　お近はがっかりした。席をとってあると喜んで来てみたら、自分の場所に別の誰かが座っていたような感じだ。

　錦は二十《はたち》を少し過ぎているように見えた。色が白くて、頬《ほお》がふっくらとしている。縞《しま》の着物を着ていたが、はちきれそうなくらい胸にも尻にもたっぷりと肉がついているのが分かった。歩くと胸が揺れた。

　それを見ると、また、お近はじりじりとした。

「あたし、以前、もへじさんに絵を描いてもらったんです。暦《こよみ》の表紙にするからって」

　お近は言った。

「そうお。あたしもよ。あたしのときは絵草子《えぞうし》、それからうちわ、そのほか、あと、いろいろ」

錦が笑う。片頬にえくぼができた。

「ああ、ふたりとも、その節はありがとうな」

もへじが鷹揚《おうよう》に答える。

「だけどさぁ、出来上がったのを見たら、あたしはがっかり。だって、顔があたしとは似ても似つかないんだもの。あんたも、そうだったでしょ」

「……そうですけど」

「ねぇえ、驚くわよねぇ。着物の柄からなにから、全部違うんだもの」

錦がまた、うふふと笑う。

「だからさぁ、浮世絵ってのは、そういうものなんだって。決まった形があるんだよ。顔だって姿だってさ。悪いとは思っているよ」

もへじが振り返って言う。

「そんな売り物の絵ばかり描いてないで、少しは本気の仕事をしろって、双鷗《そうおう》センセーに言われているのにね。この人、お金が入ると、みんな使ってしまうのよ」

「そうだなぁ。なんでだろうな。気がつくとなくなっている。それで、版元はそのころを見計らって仕事を頼みに来るんだ」

錦はもへじに親しげな口をきいた。この人のことなら、何でも知っているという顔をする。

お近はいらいらした。

よっぽど先に帰ってしまおうかと思ったが、せっかくもらった早上がりだから、そうやすやすとは帰れない。そう思っていたら、突然、錦が帰ると言いだした。

「なんだ、帰るのか」

もへじがたずねた。

「だって、あたし、考えてみたら生臭いのが嫌いだもの。かっぱなんて、臭そうじゃない」

ちらりとお近を見て言う。

――なぁんだ、心配して損した。

錦の顔にはそう書いてある。「じゃぁね」と言って、お尻をゆすりながらさっさと行ってしまった。

それから、お近ともへじはふたりでおいてけ堀をめざした。

「ねぇ、さっきのあの人だれ？」

お近がずっと気になっていたことをたずねたのは、両国橋が遠くに見えてきたころだ。

「うん。だから言っただろ。昔からの知り合い。何度か絵を描かせてもらったんだ」

「そっか」

もへじは大人の男の人で、そして、独り者である。だから、たとえば親しくしている女の人がいてもおかしくはない。

「もへじはさ、ああいう人が好きなんだ」

「はは。そうだな。たいていの男はああいう人が好きじゃないかな」

「ふうん」

もへじはお近の期待していた返事をくれなかった。

お近はいつも飯をあまり食べない。太りたくないからだ。同じ年ごろの娘たちが憧れているのは、鈴木《すずき》春信《はるのぶ》という人の描いた笠森《かさもり》お仙《せん》のような姿だ。貸本屋に行くと、春信風とか春信好みと言われるものがたくさん並んでいる。そこに描かれている娘たちは、みんな細い。人とは思えないほど細い。肩から腰までまっすぐだ。

お近もそういうのがいいと思っている。

それが、若いということだ。

子供は細い。娘になると少しずつ丸くなって、子供を産んだりすると、さらに肉がついてくる。

そういうふうになるのがいやだ。

ずうっと、このまま十七のままでいたい。そして、なんだか、ずっと十七のままのような気がする。

つい最近、以前好きだった剛太《ごうた》が歩いているのを見かけた。剛太はお近のことを好きだと言っていたのに、幼なじみのおかねのことも好きだったらしい。そして、おかねが剛太の兄と所帯を持つことが決まると、はげしく動揺した。お近は、それが我慢ならずに会うのをやめたのだ。

――剛太、久しぶりだね。元気？

お近は自分から声をかけた。

――あ、うん、元気だよ。

剛太はまだ気まずいのか上目遣いでお近を見て答える。

――おかねちゃんも元気？

――うん。……なんか赤ん坊ができたらしい。

――そっか。

おかねが剛太の兄と祝言をあげたのは、この春だ。

――手回しいいんだ。

――まあ、もともと家も近所だしさ。別に、赤ん坊をつくるなんてそんな難しいもんじゃねぇから。あ、俺、急ぐから。

剛太は大人びた言い方をして、そそくさと行ってしまった。

剛太は少し体が大きくなって、分別臭い顔をしていた。お近が好きなのは、まだ半分子供で、体も細くて、どっか頼りなくて、いい加減なところがある剛太だった。おかねのことがあって、剛太は大人になったらしい。

つまんないの。

「なにか言ったか」

もへじが振り返った。心の中で言ったつもりが、口に出していたようだ。お近はあわてて別の話をした。

「かっぱって、どんな顔をしているのかなって思って。絵に描いてある通りなのかなぁ」

「そうだよな。そこんところは、やっぱり本物を見ねぇとな」

もへじは子供のように無邪気な様子で、むふふと笑った。

「ねぇ、なんで、かっぱ釣りをしようと思ったの」

今さらながら、お近はたずねた。

「うん、だからさ、かっぱの絵を頼まれているんだ。かっぱって人を水に引き入れると言われてるだろ。お客を店に呼び込む縁起物でもあるんだ。俺は、見たことがないものはうまく描けねぇから、一度、見たいなぁと思って」

「それじゃぁ、かっぱが釣れないと絵が描けないじゃないか」

お近は心配になってたずねた。

「そのときは、しかたがないからそれらしいもんを描く。まぁ、堀に行って釣り糸を垂れていたら、いろいろ知恵が浮かぶと思うんだ」

もへじはのんきな調子で答えた。

気がつくと、もう両国の回向院《えこういん》の前まで来ていた。相変わらず人でにぎわっている。この前を通り過ぎれば、あとは本所まで一本道だ。土産物《みやげもの》屋が並ぶにぎやかな一角を過ぎると、少しずつ田んぼや畑が増えて、やがて田んぼの真ん中を通る田舎道《いなかみち》になった。

汗ばむほどのいい陽気である。風に稲の匂いが流れてきた。

「ねぇ、ねぇ、もへじは、どうして所帯を持たないんだよ」

「嫁さんの来手がないいんだ。俺はもてないいんだよ」

「そんなことないよ」

「そうかぁ。そんなうれしいことを言ってくれるのは、お近ちゃんだけだよ」

あははと笑った。

もへじは本当の名前ではない。眉が三角で目が丸くて鼻が少し長くて、落書きの「へのへのもへじ」に顔が似ているから、みんなそう呼んでいる。たしかに色男の顔ではない。けれど、やさしくていっしょにいて楽しい。いろいろなことを知っている。いい人だと思う。

「所帯を持たないとだめかい？」

もへじがたずねた。

「ううん、そんなことは、ないけど。でも、みんな、持つじゃないか」

「そうだなぁ。だけど、俺はだめなんだよ。そういうのが向かないんだ。女の人はまぁ、いいんだよ。もっと困るのは子供だな。嫌いじゃないんだよ。だけど、うーん、そうだな。自分が親になることが考えられない。できないと思うんだ」

分かるような、分からないような答えだ。

「意味が分からないよ」

「そうかぁ、まぁ、いいじゃねぇか。俺みたいなのがひとりくらいいてもさ」

もへじは笑った。


どこまでも続く田んぼ道を歩いて、堀に着いた。狭い堀川がその場所に来て広くなり、ため池のようになっていた。水際には葦《あし》が生え、周囲はぐるりと灌木《かんぼく》に囲まれ、昼でも薄暗い。

「よぉし、ここだな」

そう言って、もへじは背中の荷物をおろした。

「なんだか、少し気味悪いところだね」

お近が言った。

「そうだなぁ。だけど、かっぱは明るい場所には出てこないんじゃないのか」

もへじが答える。

葦が切れた場所に小さな腰掛けを並べておき、釣り竿《ざお》を用意した。餌の瓜をつけて釣り糸を垂れる。

「かっぱってさ、鳴くのかな」

「どうだろうね」

「でもさ、かっぱって結構、大きいよね。魚籠《びく》には入らないよ」

「うん。だから、そのときは逃がしてやればいいよ。絵を描くだけなんだから」

もへじはのんきな様子で浮きをながめている。

辺りは人気もなく、鳥の声だけが聞こえる。水すましが水面《みなも》にちいさな輪を描き、ときどき、風が落葉を散らした。

ずいぶん待った。だが、浮きはぴくりとも動かない。

最初に飽きたのはお近だった。

「ねぇ、ここに本当にかっぱ、いるの？」

「どうだろうなぁ」

もへじも退屈していたらしく、立ち上がって首と腕をぐるぐるとまわした。

「しかし、困ったなぁ。せっかくここまで来たのに、かっぱが描けないとなるとなぁ」

もへじは水面をにらんでいる。

「あたしはかっぱの真似《まね》はしないからね」

お近は先回りして言った。図星をさされたもへじは頬を染めた。

「まさか、お近ちゃんにかっぱになってくれなんて、失礼なことは言わないよ。あはは。でもさ、でもね、ちょっと、こう、招き猫みたいなかっこしてくれるかな」

もへじが笑顔で頼むものだから、お近も「まぁ、しょうがないか」という気持ちになった。釣り竿をおいて、片手をあげて人を呼ぶ真似をする。

「あ、そうそう。それだ。うん。かわいいよ。すごく、かわいい、かっぱさんだ」

適当におだてながらもへじは懐《ふところ》から紙と矢立てを取り出して、急いでお近の姿を描きうつした。

もへじは調子がでてきたらしく、右手をあげろ、今度は左手、首を傾げろ、立ち上がってみろと、あれこれ注文をつける。

ひと通り絵を描き終えると、もへじはまた釣り糸を垂れた。

お近はもへじをおいて、辺りをぶらぶらと歩きまわることにした。堀に沿って歩いていくと、柳の木の下に、赤いよだれかけをした古い石地蔵が三つ並んでいた。高さは十寸（約三十センチ）ほどで、風雨にさらされてよだれかけは色があせ、地蔵の顔も平らになっていた。お近は地蔵に手を合わせた。地蔵の前には小石が積んである。

中のひとつが日の光にきらりと光った。お近はその石を手に取った。半分透き通った不思議な石だった。光にかざすと、金色の粒が見えた。

——本物の金かもしれない。

一瞬、そう思った。

——そんなはずはないよね。

そう思いなおした。それで、もう一度、光にかざしてみた。金色だけでなく、青や緑のかけらも見えた。

お近は急に、その石がほしくなった。

——お地蔵さんのお供え石を持っていったりしたら、罰《ばち》があたるかな。

そんな思いが頭をかすめたが、石はとてもきれいで、残しておくのはとても残念な気がした。

——もらいます。

地蔵に声をかけて懐の巾着袋に入れた。

元の場所に戻ってみると、もへじが先ほどと寸分変わらぬ姿勢で釣り竿を持っていた。

声をかけようとして、驚いた。

顔つきがまるで違ったのだ。丸い目が細く鋭くなり、口が真一文字になっている。ふだんののんきで、人の好さそうなもへじは消えて、真剣で近寄りがたい、お近がよく知らない、まったく別の人のように見えた。

もへじはぴくりともしない糸の先を見つめている。

お近は少し離れた場所に立って、もへじの様子をながめていた。

しばらくたったが、もへじは石のように動かない。まるで息をしていないかのようだ。

お近はだんだん怖くなってきた。

もしかしたら、いつものもへじはどこかに消えて、全然違う人になってしまったのではないだろうか。

いっせいに鳥が鳴いて、水面に水すましがいくつもの輪を描いた。風が吹いて、落葉が一枚落ちた。でも、もへじは動かない。

「もへじ」

お近はそっと声をかけた。

聞こえていないのかもしれないと思って、お近はもう少し大きな声を出した。

「もへじ」

もう一度呼んだ。

「もへじ、どうしたの」

やっぱり聞こえていないのだ。それで、肩に手をかけようとした。

その途端、もへじが大声で怒鳴った。

「ばかやろう。せっかくつかみかけていたのに、消えちまったじゃねぇか」

「ごめん、……ごめんなさい。……そうじゃなくて。……だから」

お近は震えあがり、泣き声になった。はっとしたように、もへじがお近を見た。

「ああ、悪かったたな。つい、夢中になっちまって。ずっと、かっぱのことを考えていたんだ。どういう姿をしているのか、どういう動き方をするのかとかな。ぼんやりしていたのが、だんだんはっきりと見えてきて……、あと、もうちょっとだったんだ」

その顔はいつもの穏やかなもへじに戻っていた。

「そうか。絵のことを考えていたんだね。邪魔して悪かったね。もへじが、いつもと全然違う様子だったから、どうしたのかと思っちゃったんだ。もう、邪魔をしないから、続けてくれる？」

「いや、いいんだ。そういうわけにはいかねぇし。一回途切れると、元に戻れねぇんだよ。ああ、それに、もう日が暮れる。そろそろ帰ったほうがよさそうだ」

もへじは立ち上がって荷物を片づけはじめた。

歩きはじめると、遠くでざわざわという音がした。それは、風なのか、人が何か言っているのか分からない。

「ねぇ、なんか、聞こえない？」

「風が鳴っているのかな」

「前に聞いたことがあるんだけどさ、たぬき囃子《ばやし》っていうのがあるんだよ」

たぬき囃子も、おいてけ堀と同じく、本所七不思議のひとつだ。どこからか笛や太鼓のお囃子が聞こえてくる。音の方向へ歩いていくが、逃げるように遠ざかって音の主は分からない。気づくと、いつの間にか見たこともない場所にいるという。

「俺も聞いたことがある。だけど、これはそれとは違うよ。これは雨が近づいてくる音だ。風も冷たくなった。急に冷たい風が吹くときは、雷の前触れなんだ」

もへじは急ぎ足になった。

どこかに茶店かなにか、休む場所がないかと思ったが、まわりは田んぼで細い道が続いているだけだ。

「やっぱり、遊び半分にかっぱを見に来ちゃいけなかったな」

もへじが言った。

「そうなの？」

お近はたずねた。

「かっぱは死んだ子供の生まれ変わりだと言う人もいるんだ。だから、遊んでいる子供を見ると、自分も仲間に入ろうとしてやって来る。いっしょに遊ぼうと誘うんだ」

「川で溺《おぼ》れた子供？」

「それだけじゃない。病気もあれば、死産もあるし、育てられないから間引《まび》かれることだってあるんだよ」

空はどんどん暗くなる。風は冷たくなった。突然、ざあっという音とともに、激しい雨が降ってきた。

「ちぇ。降ってきやがったか」

もへじは走りだした。

雨粒は大きく、顔にあたると痛いほどだ。白い糸のように地面にたたきつけ、小石をはじいている。

「とにかく、あの木の下に隠れよう」

指さした先に大きな楠《くす》の木があり、ふたりはそこに逃げ込んだ。

「とんでもないことになっちまったなぁ。かっぱ様のお怒りをかっちまったか」

もへじが叫んだ。

「もう、びしょ濡《ぬ》れだよ」

お近も叫び返す。

すぐ近くにいるのに、お互いの声が聞こえないほど雨音が大きいのだ。

「あ、稲光」

お近が叫んだ。

空の向こうにカギを描いた白い光が見えた。

「おお、きれいだなぁ」

もへじは空を見つめて感嘆する。

遠くでどんという音が響く。

「まだ、遠くだな」

また、ぴかっと光った。すぐに、どん。

さっきより、近い。

「おっと、いけねぇ。雷が鳴ったときは木の下にいちゃ、いけねぇんだよ。釣り竿は、もういい。ここに捨てていく。とにかく逃げるんだ」

もへじがお近の手をつかんで走りだした。

道の先が雨で白く煙っている。道はぬかるんで、泥に足がとられそうだ。

「おい。お近、転ぶなよ。しっかり踏みしめるんだぞ」

もへじの大きな手が、お近の手を握り直した。ぐいぐいと強い力に引っ張られて、お近は夢中で走った。

しばらく走ると、道の先に大きくて立派な家が見えた。農家だ。母屋《おもや》の脇に納屋がある。

「よぉし、ここでちょっくら、休ませてもらおう」

もへじは納屋の庇《ひさし》の下にお近を立たせた。だが、横殴りの雨が容赦なく吹きかかってくる。

「困ったなぁ」

そう言って少し迷っていたが、もへじは「ごめんなすって」と言って納屋の戸に手を掛けた。案外、簡単に戸が開いた。それで中でしばらく休むことにした。納屋の中は薄暗く、かびの臭《にお》いがした。木の板が立てかけてあったので、それを横にして座った。

納屋の戸を半分ほど開けておいたから、外が見えた。

雨は相変わらず激しく、目の前の地面を雨水が川のように流れている。

お近が自分の袖《そで》をしぼると、雨水が地面にしたたり落ちた。もへじは懐から紙の束を取り出した。そちらも、ぐっしょりと濡れている。開くと墨が流れて、何が描いてあるのか分からなくなっていた。

「せっかく描いたのになぁ。まあ、いいか。頭の中にあるから」

ふたりで顔を見合わせて笑った。

それから、しばらく黙ってふたりで雨の音を聞いていた。お近は大きなくしゃみをした。

「着物が濡れて、寒いんじゃねぇのか。と言っても、乾いた布なんかねぇか」

「もへじに抱いてもらったら、温かいと思う」

沈黙があった。やがてもへじが言った。

「それは、まずいかもしれねぇなぁ」

「なんで?」

お近は低い声でたずねた。

「いや、だって、そうだろう」

「今朝の女の人がいるから？」

「いや、あの人はただの友達だよ」

「じゃぁ、なんで？　あたしのこと、好きじゃないの？」

お近は突っかかるようにたずねた。そう言いながら、自分で自分の言葉にびっくりしていた。そんなことを考えたこともなかった。もへじはいっしょにいると面白くて楽しい、おじさんだったのではなかったのか。

「いや、そういうことじゃなくてさ。お近ちゃんのことは……好きだよ。かわいいと思っているよ」

「じゃぁ、いいじゃないか」

お近はもへじの隣にすり寄ると、自分の腕を回した。もへじも渋々という感じでお近の体を抱いた。濡れた着物がごわごわとして気持ち悪かったが、やがてもへじの体温が伝わってきた。もへじの匂いに包まれると、お近の鼻の奥がつんとした。

そうだ。自分はもへじのことが好きなのだ。

今、そのことがはっきりと分かった。

「あたし、もへじのことが大好きだ。あたしはもへじのおかみさんになりたい」

もへじは一瞬黙り、それから急に声の調子を明るく変えた。

「なぁんで、急にそんなことを言いだすんだろう。まったく若い娘の考えることは分かんねぇなぁ」

「冗談じゃないよ。本気だ」

お近は怒ったように言った。

「だからさぁ」

そう言ったまま、もへじは黙った。

お近も何も言わなかった。

ふたりともずっと黙っていて、ただ、屋根をたたく雨の音が納屋の中にうるさいほど響いていた。もう、その話はおしまいになったかとお近が思いはじめたとき、もへじが低い声でつぶやくように答えた。

「さっきも言っただろ。そういうのはだめなんだ。そういう暮らしは俺には無理なんだ」

「子供がうるさいから?」

また、もへじは黙った。

「……それもあるけどな。そうじゃなくてさ」

「なんなんだよ」

もへじはお近の髪に顔をうずめた。それから、言った。

「俺がもっとずっと若いころのことなんだけどさ、女の人といっしょに暮らしていたことがあったんだ。その女の人はいろいろ俺の世話をやいてくれるんだ。飯とかもつくってくれる。温かいうちに食べさせたいとか、いっしょに食べたいとか、いろいろ思ってくれているんだ。だけど、俺は絵を描いてる途中で、手を休めたくないんだ」

もへじは悲しそうな顔になった。

「せっかく飯をつくってくれたから、食うだろ。しゃべったり、お茶飲んだりするんだ。そうすると、さっきまで頭の中にあったはずのものが、どこかに消えてしまっているんだ。見えていたんだ。もう、描き写せばいいだけだったんだ。それなのに消えているんだ。何日も考えつづけて、やっと形になって、ああ、これだ。これで描けるって思ったもんが、跡形もなくなっている。悔しいんだ。腹が立つ。自分に、その女の人に。自分でも分かっているんだよ。女の人に腹を立てるのは間違っているって。描けないのは、俺に力がないからだ。だけど、腹を立てている。口には出さなかったけど、伝わったんだな」

お近はその言葉をゆっくりと嚙《か》みしめた。

「それで、うまくいかなくなったんだ」

もへじはお近を抱く腕に力をこめた。

「そうだね。俺も苦しかったし、女の人も辛《つら》かったと思うよ。俺はさ、自分で言うのもなんだけど、いっしょにいて楽しい男だと思うんだよ。面倒くさいことは言わないし、贅沢《ぜいたく》はさせらんないけど、ちょっとしたうまいもんを食わせてやれる。けどさ、それは俺の半分だ。お近ちゃんが知っているのは、外にいるときの俺だろう。もう半分の俺はさ、違うんだよ」

そう言われて、お近は釣り糸を垂れて、水面を見つめていたもへじの顔を思い出した。丸い目が細く鋭くなり、口が真一文字になって、まったく知らない別の人のように見えた。

「そうか。そういうことか。もへじは絵描きだからな」

「正確にいえば、中途半端な絵描きだ。そこが問題なんだ。悪いな」

もへじは腕を離した。

「そうだね。分かったよ」

お近は淋《さび》しい気持ちでうなずいて、少し離れた。

手を伸ばせば届く近さだったけれど、それははるかに遠く感じられた。

雨の音がまた、大きくなった。

気がつくと、雨がやんで納屋の戸から光が差していた。外に出ると、青空が広がっていた。夕刻が近いと思っていたが、まだ、日は高い。

「どちら様でしょうか」

女に声をかけられた。年は三十くらいか。黒っぽい着物を着た、細面《ほそおもて》のきれいな人だった。

「いや、申し訳ない。急な雷に追われて、勝手に納屋を借りてしまいました。失礼をしました」

もへじがあやまった。

「困ったときはお互いさまです。よろしければお寄りになりませんか。熱いお茶でも。濡れたままでは、風邪《かぜ》をひいてしまいますから」

ふたりは遠慮したが、女がなおもすすめる。だが、本音をいえば、濡れた着物に体温をとられて寒くてしかたがない。

休ませてもらうことにした。

泥だらけの足を洗って家に上がる。女が古い浴衣《ゆかた》を貸してくれたので、ふたりともそれに着替えた。熱い茶を飲むと、やっと生きた心地がした。

案内されて座敷に行くと、この家《や》の主が待っていた。この辺りの地主で留蔵《とめぞう》と名乗った。年は六十を過ぎているだろうか。ぽってりとよく太って、大きな腹をしていた。お近はもへじの脇にかしこまって座った。

「まぁ、ゆっくりしていってください。濡れた着物は今、乾かしていますから」

「何から何まで。恐縮です」

もへじは答えた。

屋敷は大きく、いくつも部屋があるらしかった。立派な床の間があった。床柱は太く、よく磨かれているし、部屋の隅の違い棚には土色の花入れにつつじが生けてあった。きっと代々の土地持ち、金持ちなのだろうとお近は思った。

しかし、そもそも、どうしてこんな見ず知らずの自分たちに親切にしてくれるのだろうか。お近だけだったら、こうはならなかっただろう。もへじがいたからだろうか。見る人が見ると、もへじは何者かに見えるのだろうか。

お近はもへじの隣に座って、ひそかに考えていた。

「しかし、こんな田舎にいったい、どんな用があったんですか」

留蔵は不思議そうな顔をした。

「私は絵描きをしておりまして、かっぱの絵を頼まれております。それで、この近くのおいてけ堀に来たらなにかつかめるかと思いまして。それで、この娘《こ》にも手伝ってもらっていたんです。そこへ雷が鳴りだしましたから、途中で釣り竿も荷物も捨てて走っていたらこちらの納屋を見つけました」

もへじが答えると、留蔵は楽しそうに笑った。

「おいてけ堀ですか。あれは、たぬきのしわざじゃぁないんですか」

「まぁ、そうとも言われていますけれど」

もへじは苦笑いをした。

「合羽屋喜八《かっぱやきはち》の話をご存じですかな。新堀川《しんぼりがわ》を掘った男ですよ」

「いや、初めてうかがいます」

「そうですか。文化年間のことですよ。浅草《あさくさ》から東、合羽橋の辺りは低地で水はけが悪い。雨が降るたんびに水があふれた。それで、合羽屋喜八が私財を投じて、水路をつくることにした」

ところが地盤がゆるいため、普請《ふしん》は難航した。

「それでもあきらめない喜八の心意気に打たれた隅田川《すみだがわ》のかっぱたちが夜な夜な普請を手伝い、新堀川が完成した。かっぱ寺と呼ばれる曹源寺《そうげんじ》には、合羽屋喜八の墓がありますよ。かっぱを描くなら、そっちに行けばよかったのに」

「そうですなぁ。隅田川のかっぱが助けてくれたかもしれない」

もへじが答えると、留蔵は「その通り」と楽しそうに笑った。

先ほどの女が新しい茶と干菓子《ひがし》を運んできた。

「娘さん、お腹《なか》はすいていないかね」

留蔵はお近にやさしい声をかけた。お近はもじもじしながら、干菓子に手を出した。上等の菓子は口の中でたちまち溶けて、甘さが広がった。

「おいしい」

お近は思わず叫んだ。留蔵は目を細めて喜んだ。

「若い娘さんは素直なのが一番だ。まだたくさん、ありますから、どうぞ、食べてください。ところで、先ほどあなた様は絵描きとおっしゃったが、どんなものを描いていらっしゃるんですか。やはり、浮世絵のほうで」

「まぁ、いろいろですよ。肉筆もいたしますし、屏風《びょうぶ》も掛け軸も。頼まれればなんでも。かっぱの絵はある店に頼まれましてね。かっぱは客を呼ぶ縁起物だからと」

「ほうほう」

　留蔵は目を細めて感心したように何度もうなずく。

「……それで絵はどちらかで勉強されたんですか、それとも独学で」

「双鷗画塾で学びました。師範をいただきましたから、双鷗先生の手伝いもさせていただいております」

　双鷗画塾の名前が出ると、留蔵は感心したように、また大きく「ほう」とうなずいた。

「そうですか。双鷗画塾ねぇ。立派な方々がいらっしゃるとうかがっておりますよ。そうだ。絵描きさんなら、骨董《こっとう》にも目が利くでしょう。親父《おやじ》が骨董屋に言われるままに買ったものが、蔵にも納戸《なんど》にも、たくさんあるんですよ。ひとつ、見てもらえませんか」

「ああ、いや、いや。私なんぞは、そういう立派なものは、とても、とても」

　もへじは遠慮したが、留蔵が手を打つと先ほどの女が現れ、留蔵の指図で桐箱《きりばこ》をいくつも運んできた。

留蔵は慣れた様子でひもをほどき、箱を開くと、薄青い焼き物の壺《つぼ》を取り出した。全体にひび割れのような模様が入っていて、上の方に取っ手のような飾りがついている。

お近に分かるのは、相当に古い、ということだけだ。

「青磁《せいじ》の鳳凰耳《ほうおうみみ》ですね。唐物《からもの》でしょうか」

「そう聞いております。どうぞ、お手にとってごらんください」

もへじは近寄ると、目を細め、真剣なまなざしで壺をながめた。「失礼をいたします」そう断って壺を手にすると底をながめた。口元を見て、畳におき、全体をながめた。

「立派なすがすがしい姿ですね。きっとよいものではないかと」

もへじが言うと、留蔵は満足そうにうなずいた。

それから、次々といろいろな物が出てきた。大皿に抹茶茶碗《ちゃわん》、掛け軸に書画。

そのたび、もへじは熱心に隅々までながめ、底や裏側を調べ、離れて見て、さらに手にとって目を近づけて吟味した。

「さすがですな。どれもこれも眼福《がんぷく》です」

もへじがほめるものだから、留蔵は満面の笑みになった。

「じつは、とっておきがあるんですよ」

特別古そうな桐箱を開き、中から掛け軸を取り出すと、自ら立って、床の間にかけた。

もへじは一瞬、目を大きく見開いた。のどの奥から「ぐう」というような音が聞こえた。

「……これは、雪舟《せっしゅう》ですか」

「と、聞いております。残念ながら、落款《らっかん》はありませんが」

「……いや、ここで、こういうものにお目にかかれるとは思ってもいませんで」

もへじは額に汗をかいている。それを見た留蔵は満足そうに大きくうなずいた。

「双鷗画塾の先生にそのように言っていただけると、私も大変にうれしく思います。いや、めぐりあわせと言いますが、今日、お目にかかれてよかった」

そのとき襖《ふすま》が開いて、女が声をかけた。

「着物が乾いたそうです」

その声にもへじは飛び上がるように驚き、答えた。

「いや、申し訳ありません、それでは、そろそろ失礼をいたします」

ふたりの濡れた着物は、水気をしぼり、火鉢《ひばち》で乾かされていた。袖を通すと、まだ少し湿った感じは残っていたが、温かく気持ちがいい。

まだまだ引き留めようとする留蔵を振り切って、もへじは帰るそぶりをする。

「いや、明日は早くから用事がありまして。どうしても日暮れまでには、戻らなくてはならんのですよ」

「そうですか。それはまったく残念ですなぁ。では、最後に、もうひとつ、どうしてもお見せしたいものがあるんですよ」

座敷で待っていると、女が粗末な木の箱を運んできた。箱は黒く変色して、角のほうは半ばくずれている。今までのものとは、明らかに様子が異なっていた。

「なんでしょうか」

もへじがたずねた。

留蔵はそれには答えず、白い布に包まれたものを取り出した。布をほどくと、黒く干からびたものが出てきた。

最初お近は木の枝だと思った。だが、よく見ると、先の方がいくつにも枝分かれして、先端にかぎ爪のようなものがついている。

「これは……」

もへじがくぐもった声でたずねた。

「かっぱの手だと伝わっています。昔、このあたりの川に三匹のかっぱが棲《す》んでいた。畑の作物を盗んで食べたので村人が捕らえて、片手を切り落とした。それから、かっぱは出なくなったそうです。これが、その切り落とされた手です。私どもの家に伝わっているものです。あなた様はかっぱの絵をお描きになるとうかがいました。なにかのお役に立てればと思います」

留蔵は深く頭を下げた。

ふたりが屋敷を出ると、すでに空は暮れかかっていた。

「着物を乾かしてもらってよかったね」

お近は言った。

「そうだな。親切な人たちだった」

もへじは言葉少なに答えた。

留蔵と語り合っていたときは笑顔でいたのに、今は心ここにあらずという様子である。

「早く帰らないと、暗くなってしまうね。みんなが心配するよ」

気を引き立てるようにお近は言った。

「ああ、急ごう」

それでふたりは足を速めた。先を歩くもへじの背中に影が差しているように見えた。お近は心配になってたずねた。

「ねぇ、もへじ、疲れた？」

「いや。そんなことないよ」

「だったら、いいけどさ。さっきの家はすごかったね。お大尽《だいじん》だよ。もへじも、あの菓子を食べればよかったのに。すごくおいしかったんだよ」

「そうか」

「たくさんほめていたけど、あの壺とか、絵はみんないいものなの？　それとも、お世辞？」

「まぁ、そうだな。いろいろだよ」

もへじは短く答える。背中の影はどんどん濃くなった。

「あのかっぱの腕は本物？」

お近がたずねた。

「いや。あれは子供の腕だ。死んだ子供の片腕の指の先に鶏かなんかの爪をつけているんだ。見世物によくあるやつだ」

死んだ子供。

お近は胸の中で繰り返した。

——瓜に爪あり、爪に爪なし。

なぜだか、急にその言葉を思い出した。

つるんとした薄緑の瓜の皮から、子供の小さな爪が突き出ている様子が頭に浮かんだ。

「かわいそうになぁ。あの腕もあんなふうに箱に入れられているんじゃなくてさ、頭や体といっしょの墓に入れてもらいたいだろうにな」

それだけ言うと、もへじは足を速めた。

それから、お近が何をたずねても、もへじは答えなかった。

二

翌朝、丸九にやって来たお近はいつになく、ふさいだ顔をしていた。米を研いだり、野菜を洗ったり、だしをとったり、みんなそれぞれに忙しいから、お高もお栄もたいして気にとめなかった。話題が出たのは、朝の客の波がひいて一段落したときだった。

汁とご飯、いわしの煮つけにぬか漬けで朝ご飯になった。

「それで、かっぱは釣れたのかい」

お栄が汁をすすりながらたずねた。

「釣れないよ。雨も降ってきちゃったし。どしゃぶりだよ。雷もごろごろ鳴って」

いわしを口に運びながら、お近は不機嫌そうに答えた。

「それは大変だったわねぇ。こっちは一日、いいお天気だったわ」

お高も話に加わった。

「どこか隠れるところはないかってふたりで走って、大きな木の下に隠れたんだ。そしたら、雷が鳴りだして、もへじが危ないって言うから、釣り竿なんかをみんな捨てて走ったんだ」

お近はそう言うと、ぬか漬けの瓜をぱりぱりといい音をさせながら食べた。

そんな話をしている間にもお客が来て、お高は膳を調《ととの》え、お近が運ぶ。膳を出した後、また床几《しょうぎ》に腰をかける。

「しかし、もへじさんはさすがだねぇ。雷が鳴っているときは木の下は危ないんだよ」

「納屋があったから、その納屋にいた。しばらくして雨がやんで外に出たら、その家の人が来て、母屋に入れてくれたんだ。着物を乾かしてくれて、その間、浴衣を借りて家の人と話をした。骨董がたくさんある家で、もへじが絵描きだと知ったらすごく喜んで、いろいろ見せてくれた」

「まぁ、よかったじゃないの。親切な人に会えて」

表から「ごちそうさん」という声がして、お栄は勘定を取りに席を立った。

「だけどさ、なんか、親切すぎるよ」

「田舎の人はそうなんだよ。町の人からいろんな話を聞きたいんだ」

戻って来たお栄が答える。

「ともかく、そんな雷の中、ふたりとも無事帰ってこられて本当によかったわ」

お高は安堵《あんど》する。

「ああ、だけどさ、あたしは、本当にがっかりだよ。だって、もへじにふられちゃったんだよ」

お近は口をへの字にする。

「あらそうなの。でも、もへじさんとお近ちゃんとは年がずいぶん違うじゃないの」

食べ終わった器《うつわ》を片づけながらお高が言う。

「そんなの関係ないよ。あたしは気がついたんだ。もへじのことが好きなんだって。それで言ったんだ。おかみさんになりたいって」

「え」

お高は聞き返した。

「だからさ、もへじに抱いてほしいって頼んだんだ」

「はぁ？」

お栄は驚いて持っていた箸を落とした。

「寒かったから抱いてもらったほうが温かいと思ったんだよ。だけど、そういうのはまずいからって」

「おーい。飯を頼む」

店の方から声がする。あわててお栄が出ていった。

「だから、あたしがもへじの横に行ったんだ。だけど、そのときに言われたんだ。自分はそういう暮らしに向いてないからって」

「そうなの。そんなふうに言われたの」

お高は目をぱちくりさせながら繰り返す。

いや、考えてみれば問題はないのだ。もへじは独り者だし、絵描きとしての腕もある。十や二十、年が離れている夫婦は世間にいくらもいる。

お高の胸をついたのは、お近のその、まぶしいほどのまっすぐさだ。ぐずぐずと考えて、いつまでたっても前に進めないお高には、うらやましさを通り越してもはや尊敬の念すら抱いてしまう。

「でもさ、あたしはあきらめる気はないから。もへじはさ、絵が描けなくなるから嫌だって言っているんだ。だからさ、描ければいいんだよ。描ければ」

お近は憤然と言って立ち上がった。


店を閉めてお近が早々に帰り、お栄とお高が厨房《ちゅうぼう》に残された。

お高は、双鷗《そうおう》画塾に持って行く食材をかごに入れていた。以前は双鷗画塾の厨房の食材を使っていたが、このごろは主なものをこちらで用意している。双鷗と作太郎ともへじの三人分。たいしたことではない、と思っている。

その様子をながめながら、お栄がひとり言のようにつぶやいた。

「このごろ、昔のことをあれこれと思うんですよ。最初にいっしょになった染物屋のこととかね。いい人だったですよ。体が弱かったけど、やさしくてね。……だから、親の言うままだった。……あたしも、若かったから、嫁の役目はそういうもんだと思って、ただただ一所懸命に舅《しゅうと》姑《しゅうとめ》、義理の弟たちに尽くした。婚家になじもうとか、みんなに好かれようとか思って、朝から晩まで働きづめだった。それが当たり前で……。だけど、亭主が死んだら、出ていけと言われた」

お栄はため息をついた。

お高は下ごしらえしたものをかごに入れながら聞いていた。

「結局ね、義理の親を自分の親と同じように敬えなんて言いますけどね、それは、使うほうが都合がいいからなんですよ。嫁はただ働きだから」

思いがけず激しい言い方に驚いて、お高は振り返った。

お栄は何を言いたいのだろう。

「つまり、あたしの言いたいのはね、都合のいい人になったらだめなんですよ。自分というものを持っていないと他人にいいように使われて、自分がすり減るんです」

お高が振り返ると、お栄がまっすぐお高を見ていた。

「今のお高さんはね、危ういところにいると思うんですよ。双鷗先生を喜ばせたい、作太郎さんにおいしいものを食べさせたい。その気持ちはいいんです。お高さんらしい、まっすぐな気持ちだと思います。でも、その先にお高さんの考える、幸せがありますか」

「あると……、思うけれど」

むっとしてお高は答えた。

「作太郎さんって人のことはあたしはよく知らないけれど、かゆいところに手が届くようになんでもよく気がついて、いつでも自分のことを気にかけてくれて、右と言われたらずっと右を見ているような人が好きなんですかねぇ」

お高は痛いところを突かれたと思った。

作太郎は、おそらくそういう女の人を求めてはいない。

そして、もし、そういう女の人が好みなら、お高に勝ち目はない。

「お高さんのいいところはね、女ひとりで立派に店を切り盛りして、相手が誰であろうと自分が正しいと思ったら向かっていって、怒ったり笑ったり忙しくて、まっすぐで曲がったことが嫌いで、世話焼きで力持ちで……。ともかく、そういう人なんですよ。なんで、そこいらにたくさんいる、男にすがって生きている女たちの真似をするんですか」

「だから……」

お高は困って、口ごもった。お栄は立ち上がった。

「よけいなことを申しました。すみません。今日は、これで帰ります」

そのままさっさと帰ってしまった。

お高はかごの中を見た。

ゆうべから仕込んでおいた鮎《あゆ》の甘露煮《かんろに》、揚げればいいだけの飛龍頭《ひりゅうず》、かぶのぬか漬け、みそ汁をつくるためのだし汁。

いつの間に、こんなに量が増えていたのだろうか。

それは、もう、手伝いの域を超えていた。

「だって、どうせなら、おいしいものを食べてもらいたいでしょ」

お高はつぶやいた。

「手が込んでいるように見えるかもしれないけど、どれも簡単なのよ。すぐ、出来るんだから」

そう口に出して言った。

鮎の甘露煮は煮汁を加えたら、あとは鍋まかせの一品だし、飛龍頭だって材料は豆腐とごぼう、しいたけといったありあわせの野菜だ。ぬか漬けは店で出しているものだし、だしだってそうだ。

「だけどやっぱり、私らしくないかなぁ」

自分で言って、自分でうなずいた。

お高は面倒見がいい。いつもあれこれ頼まれて、世話を焼くことになる。けれど、その世話の焼き方は、もっとさりげなく、さっぱりとしている。辛口だ。

もともと江戸っ子の近所付き合いというのは、そういうものなのだ。

だから、世話を焼かれたほうも、「ありがと、悪かったね」と気楽に受ける。

もちろん、鮎の甘露煮だって、飛龍頭だってかまわないのだ。

いつの間にか違ってしまったのはお高の気持ちだ。

おいしいでしょ、きれいでしょ。精一杯つくったんですよ。私は気がきいているでしょう。

いったい自分は誰に張り合っているのだろう。何を見せようとしているのか。

押しつけがましくて、暑苦しくて、おせっかいで。そういうことは、お高が一番きらいなことだったのに。

お高はため息をついた。

きっとお栄は見るに見かねて忠告してくれたのだ。

お高はかごから鮎の甘露煮と飛龍頭を取り出した。

べっ甲色に染まり、つやつやとてりの出た鮎の甘露煮はいかにもおいしそうだ。これは、数をそろえて夜、店を開けるときに出そう。飛龍頭は自分のお菜《さい》にしようか。

双鷗の膳は画塾の厨房にある材料で、なにか考えることにしよう。

いつも、そうしてきたのだから。

三

双鷗画塾の厨房に行くと、お豊と秋作が夕餉《ゆうげ》の支度をしていた。秋作がお高の顔を見るなり言った。

「今日、もへじさんが大変だったんですよ」

「もへじさんが？」

「そうなんです。今朝、双鷗先生のお手伝いがあって、もへじさんも朝から来るはずだった。なのに昼を過ぎても来ないので、私が家に迎えに行くことになったんです。戸が閉まっていたので声をかけたら、もへじさんは出てこなくて戸の隙間《すきま》から双鷗先生宛ての文《ふみ》を渡された。中には、忙しいときに役に立てなくて申し訳ない。しばらくそっとしておいてほしいって書いてあったそうです」

「理由は、なんなの？」

「それが、書いてないんです。だから、双鷗先生がひどく心配していらっしゃいました」

どういうことだろうかとお高が考えていると、作太郎が顔をのぞかせた。

「いや、お高さん、いいところに来てくれた。もへじのことなんですが、昨日、お近さんと出かけましたよね。何か、聞いていませんか。もへじの様子が変だったとか」

真剣な様子でたずねた。

「かっぱ釣りにふたりで、本所のおいてけ堀に行ったと聞いています」

「ああ、それは私も聞いています」

ほかの師範もふたりほどやって来て、お高の話を聞いている。

「あの、途中で雷にあって納屋に逃げ込んだそうです。そこは大きな農家だったようで、その家の人に声をかけられて家に上がり、親切にされたと聞いています。でも、お近は今朝、ちゃんと店に来て働いて、もう家に戻りました。とくに変わった様子はなかったですけど」

少々落胆していることをのぞけば。

「じゃぁ、その農家で何かあったんでしょうか」

ひとりの師範が作太郎にたずねる。

「雷のほうじゃないですか。もへじさんは耳がいいんですよ。小さな音を気にするんです」

もうひとりが言う。

「いや、分かりました。ありがとう。手間をかけて申し訳ない。もへじのことは、私のほうでなんとかするから」

作太郎が答え、師範のふたりは去った。

「このところ、少し元気がないようにも思っていたんですけどね。それでも今朝、急にだから。そっとしておいてほしいと言われても突然で理由が分からないんだ」

お近が迫ったからではないだろうか。

ふと、そんなことが頭をよぎる。

「いや、まぁ、たいしたことはないですよ。少し落ち込んでいるだけです。若いころは、そんなことが何度もありましたから。でも、最近、しばらくはなかったな」

作太郎はにやりと笑って声を低くした。

「女房に逃げられたときです」

やっぱり、お近のせいではないのか。

お高は心配になる。

「今日も、双鷗先生のお食事と思ったのですが、すみません。ちょっと、お近に話を聞いてきます。やっぱり昨日の今日のことなので」

お高は急いで双鷗画塾を辞した。その足で神田にあるお近の住まいに向かった。さっきまで青空が出ていたのに、空は雲におおわれて風が出てきた。

お近が住んでいるのは細い路地の奥にある棟割《むねわ》り長屋だ。ふた棟が向かい合うように建っていて、その間の細い道で子供が遊んでいる。

訪《おとな》いを告げると、お近の母の声がした。

六畳一間に土間があって流しとかまどがある、古い長屋がお近と母親の住まいだ。戸を開けると、仕立物をしている母親の隣に、今までうたた寝をしていたらしいお近が座っていた。

「あれ、お高さん、どうしたんですか？」

お近が目をしばしばさせながらたずねた。目の悪い母親が立って白湯《さゆ》の用意をしようとするのを断って、お高はお近にたずねた。

「今、双鷗画塾で聞いてきたんだけどね、もへじさんが家にこもって出てこないんですって。先生には、しばらくそっとしておいてほしいって文を届けて。ねぇ、お近ちゃん、あんた、なんか、心当たりないの」

「もへじが……」

その途端、お近ははっとした顔になり、ふらふらと立ち上がった。

「おっかさん、ちょっと、お高さんと話があるから外に出てくるね」

そう言うと、下駄《げた》をつっかけて外に出て、お高を人気のない川べりに連れて行く。強い風が柳の枝をなびかせていた。

お近は青い顔をしていた。

「ああ、困った。どうしよう。もへじにかっぱが乗り移っちまった。かっぱの祟《たた》りだよ。あたしのせいだ。ねぇ、お高さん、どうしたらいい？」

「お近ちゃん、昨日、何があったの？」

「だからね、もへじが言ったんだ。かっぱは死んだ人間のことだって。遊び半分でかっぱ釣りなんて来ちゃいけなかったんだって。ふたりでかっぱ釣りをしていたとき、近くにちっちゃなお地蔵さんがあったんだよ。それで、そこにこの石が供えてあったんだ。きれいだから、つい、持ってきちゃったんだ。それで堀に戻ったら、もへじがいつもと全然違う顔になっていたんだ」

お近の話はあっちこっちにとんでいて、意味が分からない。

「それはいつのこと、雨が降る前？　後？」

「前だよ。雨が降ったのはその後だ。雷が鳴って、ふたりで走って逃げて納屋に隠れた。それで、雨があがったら、きれいな女の人が来て、家に上がれって言うんだ。妙に親切で、着物なんかも乾かしてくれて、その間にもへじはいろいろ骨董を見せられた。それで、帰るときになったら、かっぱの腕が出てきたんだ」

「え、何？」

思わずお高は聞き返した。

「かっぱの腕。黒くて干からびていて、かぎ爪がついているんだ。すごく気持ち悪いんだよ。その後、すぐその家を出たんだけどね。あたしが、あれは本物かってもへじに聞いたら、違う、子供の腕だって。死んだ子供の腕に鶏の爪をつけているんだって」

「それで、石はどうなったの？」

「だからぁ」

苛立《いらだ》って、お近は地団太を踏んだ。

「あたしが石を持ってきたのがいけないんだ。このままじゃ、もへじが大変なことになる。もへじの家に行きたい。連れてって」

「でも、私はもへじさんの家を知らないのよ」

「じゃぁ、作太郎さんなら知っている？　どうしても、行かなくちゃだめなんだよ。もへじが大変なことになっちまう」

お近はお高の袖をつかんでゆすぶった。空はすっかり暗くなって、今にも雨が降りだしそうだ。

「分かったから。お近ちゃんの気持ちは分かったから。じゃぁ、作太郎さんに頼んで連れて行ってもらう？」

ふたりは急ぎ足で双鷗画塾に戻った。画塾に着くと、作太郎を呼んだ。出てきた作太郎に、お近はさっきと同じ説明をする。

「かっぱ釣りをしていたとき、ちっちゃなお地蔵さんがあったんだ。そこに石が供えてあって、あんまりきれいだったから持ってきちゃった。それで、もへじに悪いかっぱが憑《つ》いたんだ」

お近は口をとがらせて作太郎に迫る。

「うん、うん。だいたいのことは分かった。だけど、もへじが家から出ないのは、その石とは関係がないと思うよ。全然別の理由だよ。大丈夫だ。安心してくれ。そっとしておいてほしいと言うんだから、しばらく静かにしてやったほうがいいと思うよ」

作太郎がお近をなだめようとすると、お近は顔を真っ赤にして作太郎に食ってかかった。

「分かった、分かったたって、全然分かっていないじゃないか。あたしのせいなんだ。このままにしたら、もへじが大変なことになるんだよ」

握りこぶしを固めて叫ぶ。その勢いに作太郎は負けた。

「……じゃぁ、いっしょに行こう」

三人でもへじの家に向かった。

もへじの家は双鷗画塾からほど近いところにある古い一軒家だった。路地のどんつきで、周囲は木立に囲まれてずいぶんと静かなところだ。

「あそこ？　あれがもへじの家」

お近は返事を聞くやいなや駆け出して、表の戸をたたいた。

「もへじ。ごめんね。あたしはあやまらなくちゃならないことがあるんだ」

返事はない。だが、お近はあきらめない。さらに力をこめて戸をたたく。

「もへじ、聞いてる？　もへじはさ、かっぱにとり憑かれてるんだよ。あたしが、おいてけ堀でお地蔵さんの石を持ってきてしまって、それから変なことばっかり起こったんだよ」

中からくぐもった声が響く。

どうやら、大丈夫だから帰ってくれというようなことを言っているらしい。

「ねぇ、お近ちゃん。もへじさんはきっと疲れているのよ。静かにさせてほしいって言っているんだから。もう帰ろう」

見かねたお高が口をはさむ。振り向いたお近の目が真っ赤だ。

「だって、あたしはもへじが心配なんだよ。お高さんも作太郎さんも、もへじが心配じゃないのか。もへじがかっぱになってしまっても、いいのか」

「お近ちゃん、落ち着いて。もへじはかっぱになんか、ならないから」

作太郎がなだめる。

「そうよ。大丈夫よ。そんなことがあるわけないじゃない」

お高も諭《さと》す。

お近が叫んだ。

「ふたりとも知らないから、そんなのんきなことが言えるんだよ。あたしが石を盗《と》って、戻ったらもへじはいつもと様子が違ってたんだよ。顔つきがすっかり変わって、怒鳴ったんだ。今までそんなこと、一度もなかったのに。その後、変なことばっかり起こるんだ。雨が降って雷が鳴って、妙な家に行ったんだ。壺だの掛け軸だのを見せられて、そのときのもへじの様子は、ものすごく変だったんだ。あの家はかっぱの住み処《か》だったんだ。人の姿であたしたちをだましたんだ。石を盗ったのはあたしだ。あの妙な家で菓子を食べたのもあたしだ。なのに、どうしてもへじがかっぱになるんだよ」

お近は顔を真っ赤にして、力任せにどんどんと戸をたたいて叫んだ。

「だからさぁ、なんで、出てこないんだよ。もう、かっぱに変わっちまったのか。どうなんだよ。あたしはもへじが心配なんだよ。顔見たら、おとなしく帰るよ。口はとがってないんだよね。指はかぎになってないよね。甲羅はあるのか」

もへじの返事がないものだから、お近は戸を足で蹴《け》り、それでも足りなくて体当たりをした。戸がぎしぎしと鳴り、壁がゆらゆらと揺れた。

さすがのもへじも根負けしたらしい。わずかに戸が開いて、顔をのぞかせた。お近はもへじの腕をつかむ。

「ああ、もへじ、大丈夫だよね。かっぱに変わってないよね」

「変わってねぇよ。そういうことじゃないんだよ」

もへじが姿を現した。お近はもへじに飛びつき、顔をぺたぺたとたたき、背中を見た。それでやっと安心して、しくしくと泣きだした。

「かわいいなぁ。まったく、お近ちゃんはかわいいよ。天下一だ」

そう言って作太郎が笑いだし、もへじも苦笑いになった。お高は笑えなかった。お近のまっすぐな気持ちがうらやましかった。

「ほら、泣くなよ。べっぴんさんが台無しだ」

お近の頭をなでたその顔は、いつもの穏やかで人の好さそうなもへじだった。

「ああ、なんだかよく分からないけど、安心したら腹が減った」

作太郎が言った。

「そうだわ。鮎の甘露煮があるんだけど、みんなで食べませんか。双鷗先生にと思っていたけれど、もう、この時間じゃ、食事をすませられましたよね。だったら、丸九でどうですか」

お高が誘う。

四人で丸九に戻り、冷やご飯を蒸し直し、鮎の甘露煮と飛龍頭、それにぬか漬けとみそ汁にした。

こげ茶色になった甘露煮を器に移すとき、お高は一瞬、かっぱの木乃伊《みいら》のことを思い出した。汁の実も瓜だった。だが、朝から何も食べていなかったらしいもへじが歓声をあげ、お近も笑っている。先ほどまでのかっぱ騒ぎはすっかり忘れたように、もへじは飯をお代わりし、お近ももへじの隣に座って競うように食べている。

最後の甘味《かんみ》は杏《あんず》の甘煮だった。

「ああ、やっと人心地ついたなぁ」

もへじが伸びをする。

「まったく、人騒がせなやつだなぁ。しかし、なんだって急に落ち込んだんだ。かっぱとは関係がないんだろ」

　作太郎がたずねた。

「ないよ。全然違う」

「じゃぁ、なんだったんだよ」

　お近がたずねた。

「うん……。助けてもらった農家でさ、古い壺やら皿やらをあれこれ見せられたんだ。……それでね、最後に雪舟だって言って掛け軸が出てきた。……そいつがさぁ、俺がずっと前に画塾で描いたやつだったんだ」

「雪舟かぁ」

　作太郎がうなる。雪舟は室町《むろまち》時代の画僧で大陸の水墨画の技法を修め、山水画を大成した。

「周防《すおう》で双鷗先生が写して、それを手本にして俺が描いた。いや、未熟なのは分かっていたよ。だけどさぁ、あそこまでとは思わなかった。まったくひどいもんさ。お前こんな絵を描いていて、絵描きを名乗ってるのかって言われたような気がした。俺は顔から火が出そうになった」

「まぁ、そんな偶然があるんですね」

「それは相当、恥ずかしいな」

お高は目を丸くし、作太郎は苦笑いする。

「だけど、もへじは、あのとき、自分が描いたって言わなかったじゃないか」

お近がたずねた。

「言えねぇよ。言えるわけねぇよ。向こうは、本物だって信じているんだ。それにしても、なんで、あんなもんが外に出ちまったのかな」

「塾生が金目当てに持ち出したんじゃないのか。そういうのを買う店があるって聞いたぞ。まぁ、気にするな。向こうは雪舟だって思っているんだ。よかったじゃないか」

作太郎が妙ななぐさめ方をする。

「そんなわけで、俺は打ちのめされた。うん、たしかにあれは、かっぱの祟りだな。頼まれ仕事でお茶を濁《にご》している俺に、かっぱの鉄拳《てっけん》が落ちたんだ」

「うまく落ちがついたんですね」

お高が茶をすすめた。


何日か後、もへじが丸九にやって来た。

「かっぱの絵が出来たんだ。みなさんに見てほしいな」

巻紙をほどいた。

それは墨一色で描いた子供のかっぱだった。片手で体にあまるほどの大きな徳利《とっくり》を抱え、もう片方の手で盃《さかずき》を持っている。頭に皿があり、背中の甲羅が見える。口はとがって、たしかにかっぱの顔だ。太い筆で一気に描き上げたらしいかっぱは、大きな口を開けてころころと笑っている。

「はは。誰かに似てるねぇ」

お栄が笑った。

五、六歳のころのお近はこんな顔をしていたのではなかろうか。お高は、そう思った。

「頼まれたのはもっと違う絵だったんだけど、描いていたらこうなった。これから頼まれた店に持って行く。気に入ってもらえたら、表装して店に飾るんだよ」

「うん。気に入ってもらえるといいね」

お近は言った。

そっか。それが答えか。

お近は心の内でつぶやいた。

まぁ、いいさ。ともかく、もへじがかっぱにならなくてよかったよ。

おいてけ堀のお地蔵さんのところから持ってきてしまった石は、近所のお地蔵さんに返した。これで、心配はないはずだ。

——瓜に爪あり、爪に爪なし。

もへじは瓜だな。見かけはつるんとして、とげも毒もない、味もぼんやりしている。だけど、それはもへじの半分だ。もう半分は、隠れていてふだんは人に見せない。おいてけ堀で水面をながめていたときの、あのもへじだ。

爪のあるもへじも嫌いじゃない、とお近は思った。

第四話　わさびの憂鬱

一

しとしとと雨が降っている。おとといから降りはじめた雨は昨日も一日降って、今朝もやみそうにない。

「そろそろ、終わりだね。だんだん葉が固くなっちまったから」

そう言って、八百屋の主《あるじ》は小さな葉をつけた、細いわさびの茎を手渡した。

お高がほしいのは、青々と立派な葉をつけたわさびの根ではなく、細くみずみずしい若芽のほうである。

ふきのとうが出回るころ、わさびの花が出る。お高はそれは醬油《しょうゆ》漬けにして、香《こう》の物の代わりに出した。花が終わると、茎の粕《かす》漬けに替えた。熱湯に漬けて辛味を出したわさびの茎を酒粕《さけかす》に漬けてひと晩おく。熱い飯にのせると、ぴりりとしたわさびの辛味と、酒粕の甘い香りが立ち上がる。醤油を垂らすと、一膳《ぜん》は軽くいけると喜ばれた。

それは、お高にとってうれしくもあり、困ったことでもあった。なにしろ、米の減り方が激しい。毎日三升釜《がま》で炊いている飯が、みるみる減っていく。

お客のほうも楽しみにしているから、今日はないのかと催促される。毎日わさび漬けというわけにもいかないので、海苔《のり》の佃煮《つくだに》や、ごまとじゃこのふりかけなど、いろいろ用意することになってしまった。

「まぁた、そんな奮発をして。だいたい、そんなにあれこれ、しなくてもいいんですってば。旦那さんだったら、やりませんでしたよ。お客みんなが三杯のところを四杯食べて、そのうえ、わさび漬けまでつくったら、勘定が合いませんから」

お栄が横でつけつけ言うので、八百屋の主は困った顔になった。

父の九蔵は、かつて両国の料亭英《はなぶさ》で板長をしていた男だから、算盤《そろばん》が立っていた。飯はしっかり食わせるし、汁もある。だが、余分はしない。締めるところは締める。

お高の代になって甘味《かんみ》を加えた。毎回、甘く煮たあずきや杏《あんず》、ゆでた白玉《しらたま》などを添えた。それらは喜ばれたが、手間もかかるし、あずきも白玉粉も案外と値がはるのである。

そのうえ、粕漬けに佃煮である。

お栄が心配するのも無理もない。

「いいじゃないの。こんな季節だから、せめておいしいものでも食べて気を晴らしたいわよ。お客さんに喜ばれるのが一番。こっちも張り合いがあるわよ」

お高が言うと、八百屋もここぞとばかりに言いつのる。

「その通りだよ。やっぱり、分かっているよ。商いってのは、お客あってのもんだからさ。こっちも、丸九さんで使ってほしいと思って持ってくるんだ。これはさ、青梅《おうめ》の先の山深いわさび田で育てたもんなんだよ。冷たくてきれいな清水が年中湧き出てるところでないと、おいしく育たねぇんだ」

そう言って、今度は立派なわさびを取り出した。大きな深い緑の葉を茂らせ、ごつごつしたこぶのある根は太く、張り切っている。

「もう、おじさん。いくらなんでも、こんな立派なわさび、うちじゃ使い切れないわよ」

茎を使うわさび漬けですらお栄が心配するのだ、上物のわさびを使えるはずがない。

「いいよ。だからさ、安くしておくよ。いつも買ってもらっているし、この前のこともあるし。井戸水に漬けておけば、何日か保《も》つしさ」

つつじのことを言っているらしい。

「本当は、あてにしていたところに、断られたんだよ」

お近が鋭いことを言う。八百屋の頰《ほお》が赤くなった。図星だったらしい。

「このごろ、料理屋さんはどこも懐《ふところ》具合がきびしいんだよ。とくに大きいところはさ、表向きは立派なことを言っても、もう、昔みたいないい材料を使えねぇんだ」

「分かったわ。今日は夜も店を開けるから、板わさにでもするわ」

「そうこなくっちゃ」

八百屋は晴ればれとした顔になり、お栄は呆《あき》れたように背を向けた。


そんなわけでその晩は、わかめの酢の物とにんじんとごぼうの白和《しらあ》え、えびのしんじょの吸い物にご飯、甘味が甘く煮たうぐいす豆の寒天寄せ、穴子《あなご》の白焼きにおろしわさび添え。穴子は魚屋にさばいてもらったものを七輪《しちりん》で焼き、わさびをおろすのはお近の役だ。わさび専用の鋼《はがね》のおろし板を使う。鮫《さめ》の皮を使う店もあるが、丸九では丈夫で手入れも簡単な鋼製を使っている。お近が眉根にしわをよせてすっている。

「お近、しかめっ面《つら》はだめだよ。わさびをおろすときは、笑いながらおろすもんだ」

お栄が声をかけると、お近は「はぁい」と気のない返事をする。

力を入れずに、優しく細かくおろしなさいという意味である。もうひとつ、わさびはゆっくりとのの字を書くようにおろすとよいとされる。こうすることで、辛味と風味が増すという。

雨降りにもかかわらず、夕方店を開けるとすぐに惣衛門、徳兵衛、お蔦《つた》の三人がやって来た。ほかのお客が続き、草介と手下が来て店はいっぱいになった。

お近が手早く膳を運んで行く。

「ほう。穴子の白焼きにわさびですか。穴子はね、今が時季ですからね。脂がのっている」

惣衛門が目を細める。

「あ、辛い。だけど、この辛さがいいねぇ。すっと鼻に抜けていく感じ。わさびがあると、なんでも倍も三倍もうまくなる」

徳兵衛がうなる。

「そうだねぇ。わさびをつけずに食べていた時代があるなんて、もう、思い出せないよ」

お蔦が遠くを見る目になった。

わさびが栽培されるようになったのは、江戸の初め。慶長《けいちょう》年間に安倍《あべ》川《かわ》上流有東木《うとうぎ》でわさび田が開かれた。初代将軍、徳川家康はこのわさびの味を大変に好み、わさびの葉が徳川家の葵《あおい》の紋に似ていることもあり、栽培のしかたを門外不出にしたとされる。

そのわさびが、庶民の味となったのは文化文政年間である。にぎり寿司《ずし》が登場し、わさびが欠かせないものとなった。寿司のおいしさを引き出すだけでなく、わさびには魚介の生臭みを抑え、腐敗を防ぐ力がある。そのことが広く知られることとなった。それにともない、わさび栽培は、武蔵《むさし》や伊豆《いず》天城《あまぎ》など各地に広がっていった。

すっかり気分のよくなった徳兵衛が言った。

「お、ひとつできたぞ」

「ほう。整いましたか」

惣衛門がたずねる。徳兵衛はにんまりと笑う。

「うん。わさびとかけまして」

「はい、わさびとかけまして」

「高嶺《たかね》の花の美人とときます」

「なるほど、高嶺の花の美人とときます。その心は」

「つんと来ます」

店のあちこちから笑い声があがる。


惣衛門たちが帰り、草介と手下も去り、また新しい客が入って来た。どうやら河岸《かし》で働く男たちのようだ。すでに、ほかの店で一杯ひっかけてきたような感じがした。

ふたりは盃《さかずき》を傾けながら、話しだした。

「そういや、英の若おかみが両国の角屋《かどや》に移ったらしいな」

地声が大きいので厨房《ちゅうぼう》のお高の耳にも「英の若おかみ」という名が届いた。英の若おかみとは、作太郎のかつての許嫁《いいなずけ》のおりょうのことである。なかなか身の振り方が決まらないと作太郎が心配していたが、ようやく決まったのか。

お高は白和えを盛り付けながら、耳をそばだてる。

「ほう。角屋か。まぁまぁだな。若おかみで出るのか」

「そうらしい。主人夫婦が年をとったから、もう少し若くて店を仕切れる人を探していたんだ」

「そうか。前の英とは取引があったんだ。一度、挨拶《あいさつ》に行ってみようか」

「ああ、いいんじゃねぇか」

どこそこに新しい店が出来た。板前が移った。人を探している。河岸で働く男たちは、店の事情に通じている。いい噂《うわさ》も悪い噂もあっという間に広まる。

「英は菊水庵のものになったんだろ」

「ああ、今、座敷をあちこち直しているんだって。今までとは全然違う店になるらしいぞ」

「そうか。それも楽しみだな」

英は名の通った店だから、お客たちはあれこれと噂をしていた。たいていは、美人おかみのおりょうが同情され、仕事に身をいれない作太郎が悪者になるというふうだった。

「しかし、あれだけの店を結局手放しちまうなんて、もったいなかったなぁ。もう少し跡取りがしっかりしていればな」

いつも通りに落ち着いて、男たちはまた別の店の噂話に花を咲かせた。

雨のせいか、その後に来る客はなく、お高たちは早めに店を閉めることにした。

片づけをしていると、仲買人《なかがいにん》の政次がふらりとひとりでやって来た。「お高ちゃん、ちょいといいか」と断って厨房に入って来た。

「あら、今日は遅いじゃない、どうしたの？　どっかで寄り合いでもあったの？」

政次が風呂敷《ふろしき》包みを抱えているのを見て、お高は言った。

「じつはさ、お高ちゃんに買ってもらいたいものがあるんだ」

政次はそう言って、床几《しょうぎ》に腰をおろした。

台の上に風呂敷包みをおき、結び目をほどいた。中には真新しい桐箱《きりばこ》が入っていた。真田紐《さなだひも》をほどいて蓋《ふた》を開け、布包みをていねいに取り出す。

「なあに、やけに立派なものじゃないの。うちは一膳めし屋だから、高級な器《うつわ》はいらないのよ」

皿をふきながらお高は笑った。

政次が取り出したのは、六客揃《ぞろ》いの土物のぐい呑《の》みだった。白い土に薄青い釉《うわぐすり》がかかった様子は、作太郎にもらった茶碗《ちゃわん》に似ている。

「あれぇ、これは、もしかして」

お近が声をあげた。

「うん。どこぞの道楽者が焼いたんだ」

作太郎のことである。

「どうして、それを政次さんが持っているの？」

　お高はどういう話になるのかと思いながらたずねた。

「俺の知り合いに、英に少々金を都合した人がいたんだよ。まあ、古い話だけど、英がこんなことになっちまったから、この機に返してもらえるものならと証文を持って作太郎さんに会いに行った。そうしたら、今、手元に金がない。申し訳ないけれど、もう少し待ってもらえないか。そう言って、このぐい吞みを渡されたそうだ。そいつから、ぐい吞みなんかもらってもしょうがない、どこかにいい買い手がいないかって頼まれたんだよ」

「そういうこと」

　お高は眉根《まゆね》をよせた。お栄がお高の顔をちらりと見た。以前、お栄からも似たような話を聞いた。

「まぁさ、店を閉めるとなると、あっちこっちから、借金の証文とか妙な約束の証書とか出てくるもんなんだよ。いや、俺はその上前をはねようってわけじゃないよ。このぐい吞みだって、どっか知らないやつのところに行くんだったら、お高ちゃんのところに来たいかなって思っただけさ」

　お高は黙ってぐい吞みをにらんだ。

「きれいな器じゃないですか」

　お栄が言った。お高はひとつを手に取った。心地よい重さが伝わってきた。雪を思わせる清潔な白だった。早春の空のような薄青い色をしている。ほどよい厚みがあるが、土物のもろさも同時に感じさせる。糸底には小刀で切ったような切り目があって、底の部分に作という文字が彫られていた。

「先代のころ、都合した金らしい。でも、律儀じゃねぇか。お話は分かりました。もう自分には絵を描くよりほかには暮らしを立てる道はありません。いつになるかわかりませんが、残りの分は必ずお返しいたしますって答えたそうだ」

「持ってきてくれて、ありがとう。そういうことなら、私が買いますから」

お高は答えた。

政次が告げた値は思ったより高かったが、お高はそれに少し上乗せした。

「すまねぇな。俺が代わりに礼を言うよ。この分はさ、借金から引いておくように言っておくから」

政次は帰っていった。

お高は台の上のぐい呑みをていねいに包んで、桐箱にしまった。

「いったい、今、英も作太郎さんもどういうことになっているのかしらね。このごろ、画塾に行っても作太郎さんはいないし」

「もへじともいっしょじゃないよ。もへじは、家にこもって絵を描いているから」

お近がすかさず答えた。かっぱの一件以来、お近はもへじにあれこれとまとわりついているらしい。

「あたしが時蔵さんから聞いた話ではね、作太郎さんは英の古くからいる女中さんとか、下足番の働き口を探してやったりしているそうですよ。年をとると新しいところになじむのが大変だし、だいたい、口入れ屋がいい顔をしないよ。そこをあちこち頼んで回っている。自分のためならともかく、ほかの人のために頭を下げるのはなかなかできることじゃないですよ。作太郎さん、偉いと思いますよ」

お栄がまじめな顔で言った。

「知らなかったわ」

「そういうことはね、人に言うもんじゃないんです。言わないから価値がある。だからね、お高さんも作太郎さんがおりょうさんのことばかり気にしているなんて、心配することはないんですよ。それに、作太郎さんは、どっちかと言えば、人にいいところを見せたいほうですよね。とくに女の人の前では。違いますか？」

「そうかもしれない」

「じゃあ、そのぐい吞みは見せないほうがいいですよ。お高さんも、今日の話は聞かないことにして」

「そうするわね」

お高はぐい吞みを入れた桐箱を戸棚の奥にしまった。

二

その日も朝から雨が降っていた。傘をさしていても霧雨が肩にかかり、着物を濡《ぬ》らした。それぞれがなんとなくどんよりした気持ちでいたのに、徳兵衛だけがやけに上機嫌だった。

「いい話があるんだ。みんなが集まったら言おうと思っているんだ」

店に来るなり、お高にそう伝えた。

その後、惣衛門とお蔦もやって来て、いつものように三人であれこれしゃべりながら飯を食った。食事がすんでお高が茶を持って行くと、いよいよという様子で徳兵衛が切り出した。

「いや、この場を借りて三人にお伝えしようと思ってるんだけどさ。不肖、徳兵衛が一大決心をしたんだよ」

「なんですか急に改まって」

惣衛門がたずねた。

「いったい、何がはじまるんだい」

お蔦は首を傾《かし》げた。

「決心って、どんな決心なんですか」

また、とんでもないことを言いだすのではないか。お高は一抹の不安を抱《いだ》きながらたずねた。

「うん。ほかでもないことなんだがな。今度、柳橋《やなぎばし》の川風《かわかぜ》って料理屋で、わさびの大食い大会がある。俺はそれに出ることにする」

徳兵衛が重々しい調子で言った。

「はあ？」

お高は思わず聞き返した。

「いや……、それは……」

惣衛門が目を丸くする。

「そりゃぁ、あんた、冗談はよしのすけだよ」

お蔦が笑う。

「あれ、なんだよ。みんな、もっと喜んでくれると思ったのに。だって、俺はわさびが好きなんだよ。わさびだったら、いくらでもいける。絶対勝てるよ」

徳兵衛は胸をはった。

「そりゃぁ、あなたが辛いもの好きだっていうのは知っていますよ。みそ汁にもそばにも、真っ赤になるほど唐辛子《とうがらし》を入れる。寿司屋に行けば、わさびで酒をなめている。だけどね、そういうのとは違うんですよ。ああいうところには、もう、それはすごい人が集まるんですよ。人間業《わざ》じゃぁないんです。素人《しろうと》が手を出していいところじゃないんですよ。徳兵衛さん、病気になりますよ」

惣衛門が必死の面持《おもも》ちで引き留める。

「大丈夫、大丈夫。みんなは俺の真価を知らねぇんだ」

妙な自信を見せて徳兵衛はうなずいた。

大食い自慢を集めた大会は、江戸のあちこちで開かれている。有名なものは文化十四（一八一七）年に柳橋の万八楼《まんぱちろう》という料亭で開かれたもので、武士や町民など大食い自慢二百余名が集まり、『菓子の部』、『蒲焼鰻《かばやきうなぎ》の部』、『飯の部』、『そばの部』、『酒の部』に分かれて争った。

どれほどの大食いであったかは、曲亭馬琴《きょくていばきん》らが編集した随筆集『兎園《とえん》小説』に残っている。

菓子の部では神田の丸屋勘右衛門が饅頭《まんじゅう》五十、羊羹《ようかん》七棹《さお》、薄皮餅《もち》三十個にお茶十九杯。話を聞くだけで口の中が甘くなりそうだ。

飯の部では三河島の三右衛門がご飯六十八杯に醤油二合。

酒の部の芝口《しばぐち》の鯉屋《こいや》利兵衛は三升入りの盃六杯を飲み干し、さらにもう一杯を飲んでいる途中に倒れた。ぐっすり眠って目を覚まし、水を茶碗で十七杯飲んだとか。

「あの、お家の方々はなんておっしゃっているんですか。おかみさんには、どういうふうに話しているんですか」

お高はたずねた。

「そんなもん、お清に言うわけねぇだろう。あいつに言ったら反対するに決まっているから」

徳兵衛はふんと鼻をならす。

「そりゃぁ、そうですよ。それがまっとうな考えというもんですよ」

それから、なんとか徳兵衛の気持ちを変えさせようと、お高と惣衛門のふたりで説得を試みる。だが、存外に徳兵衛の意志は固い。

「大丈夫。心配ないって。秘策があるんだ」

「どんな?」

惣衛門がたずねる。

「そりゃぁ、今は言えねぇよ」

そのとき、ずっと黙っていたお蔦が突然口を開いた。

「よし、分かった。徳兵衛さんの心意気、あたしは買った。やってみな。あたしも、見に行くから」

その言葉を聞いた徳兵衛は満面に笑みをたたえた。

「そうか、やっぱりお蔦ちゃんだ。あんたなら、分かってくれると思ったよ。うれしいねえ、そう言ってもらうと勇気百倍だ」

その声は厨房にも届いていた。

「また、徳兵衛さん、面白いことを考えたね」

お近がにやにやする。

「笑っている場合じゃないわよ。もう、いい年なんだから、体が心配よ」

「大丈夫ですよ。徳兵衛さんのことだから、すぐにまた気が変わりますよ」

お栄も笑って相手にしない。

しかし、徳兵衛は本気だった。

川風に行って、わさびの大食い大会に出たいと名乗りをあげ、帰りに寿司屋でわさび大盛りの寿司を食べた。丸九に来れば、辛さを忘れるのは冷たい水がいいだの、熱い風呂できまりだの講釈を垂れる。

さすがの惣衛門も相手にしない。

「もう、本当に徳兵衛さん大丈夫なのかしら」

お高は厨房で鍋《なべ》をかき混ぜながら、つぶやいた。

「でもさ、人がたくさんのものを食べるのを見るっていうのは、面白いよ。知っている人が出るんならなおさらだ」

お近が膳を用意しながら言った。

「そういうふうに思えるのは、お近ちゃんだからだわ」

「まぁまぁ、徳兵衛さんにはお清さんがついていますから、心配ないですよ」

ぬか漬けを切りながらお栄が言う。

「だけど……」

「お高さんはまじめすぎるんだよ。なんでも深刻に考えちゃう。そういうのは、重たいんだよね。男からしたら」

お近が分かったようなことを言う。

「そうですねぇ。心配してもらうのはうれしいけど、あんまり立ち入られるのもね」

お栄までそんなことを言う。ふたりに背中から斬りつけられたような気がした。

「私、重たい？」

「うん」とお近。

「はい」とお栄。

客が厨房に顔を出して、「ほい、勘定」と言うのでお近が出ていった。

「だって、おりょうさんの次の店が決まらないとか、そういうことを話すのは作太郎さんのほうよ。私は別に聞こうと思っていないわよ」

「だったら聞き流して、そのまま忘れてしまえばいいんですよ。お高さんはそれをずっと覚えていて、気にしているでしょう」

それが重たいというのか。

ごーん。

寺の鐘の音《ね》が聞こえたような気がした。

「おりょうさんのことを作太郎さんがお高さんに話すのは、自分の中で解決がついているからです。別に、お高さんの意見を聞いているわけじゃないんです」

お栄の言葉に、厨房に戻って来たお近が加わる。

「お高さんはさ、作太郎さんといっしょにいるとき、なんか無理している。一所懸命すぎる。草介さんといるときのほうが、いい感じだ。お高さんらしい」

「そうそう。気に入られようとしすぎているんじゃないですか」

ごーん、ごーん。

また、寺の鐘の音が聞こえた。


とはいえ、気にしはじめると止まらないのがお高である。

徳兵衛のことを、女房であるお清にたずねてみることにした。升屋《ますや》にお清をたずねると、今、植定のお種が来て、お冬とともに生け花の稽古《けいこ》をしていると言われた。

「あ、ああ、そうですか」

ひとりひとりはいい人なのだが、お清、お種、お冬の三人の大おかみが集まるとなかなかかに手強《てごわ》い。いや、お高が困ることはないのだが、なんとなく煙たい。

「それでは、またあとでうかがいます」

帰ろうとすると、お清が出て来た。

「あら、お高さんじゃないの。今、お種さんもお冬さんもいらしているのよ。遠慮しないで、どうぞ」

誘われた。

座敷に上がると、お種とお冬が茶を飲んでいる。

脇には今、生けたばかりらしい花入れが三つ。それぞれ違う趣《おもむき》である。

「いつもは植定さんでお稽古するんだけれど、今日はこっちでって話になったのよ。ねぇ、誰がどれだか、分かる？」

お清がいたずらっぽい目をする。

手前にあじさい、後ろに麦の穂をおいてすっきりと仕上げたのは、お清か。白百合《しらゆり》と赤い夏ぐみで可憐《かれん》にまとめたのは、お冬だろう。となると、お種の作は、なんという名だろうか。深紅の和蘭《わらん》に、大きな斑点《はんてん》のある緑の葉を合わせた目をひくものだ。

お高がそう言うと、三人は声をそろえて「残念」と言った。

「今日のお清さんの気分は、この毒々しい赤い和蘭と斑点のある葉っぱだそうよ」

お冬が言って、また、三人で笑う。

女中が緑茶と羊羹《ようかん》を運んできた。

「さあ、どうぞ」

すすめられてそれぞれが羊羹と茶に手をのばす。

お清、お種、お冬の三人はそれからしばらく、羊羹はどこそこ、お茶はどこだと世間話に興じる。お高は端に座って三人の話に耳を傾けていた。こんなふうに、なかなか本題に入らないのが女のおしゃべりというものである。

二杯目の茶をすすめながら、おもむろにお清がたずねた。

「お高さんも、徳兵衛のことを心配して来てくださったの？」

「え、まぁ、あの……、そうですけど」

「申し訳ないわねぇ。あなたにまで気を遣わせてしまって」

お清が困った顔になる。

「徳兵衛さんがね、大食い大会に出るのはね、男の意地なんですって。江戸っ子の意気。お清さんが理由なのよ」

お冬が言う。

「もう、やめてくださいよ。ばかばかしい」

お清が照れた。話をお種が引き取った。

「みそ屋の諏訪屋《すわや》を知っているかい。あそこのご主人の利蔵《としぞう》さんは、お清さんの幼なじみなんだよ。それで、子供のころからお清さんを嫁さんにしたいって思っていたけど、徳兵衛さんに嫁《とつ》いじまっただろ。それで、いまだに徳兵衛さんを恨んでいるんだ」

「いやですよ。まったく、どこからそんな話が出たんでしょうね。親が決めたお話ですから、好きも嫌いもないですよ。父が『いいね』と言ったから、私は『はい』と答えただけなんです」

お清が頬を染めて、あわてて手を振った。

まあ、ともかく反りの合わなかったふたりである。そのふたりが、たまたまそば屋で会った。

徳兵衛はいつもの調子で自分はわさびが大好きだ、わさびだったら、どんぶり一杯でもいけるなどと適当なことを言って周囲を笑わせていた。そこに、言いがかりをつけたのが利蔵だ。

──だったら、俺と勝負しよう。

まぁまぁ、酒の上の話ですからと、周囲が止める。

──そうだ、わさびの大食い大会があったはずだ。あれにふたりで出ればいい。

そんなことを言いだす輩《やから》がいて、話が決まった。

「ふつうはね、あれは酒の上での話でしたよってことで、話が終わるだろ。それが、終わらなかった」とお種。

「うちの徳兵衛がね、自分には勝ち目があると利蔵さんに勝負をかけた。秘策があると信じているんですよ」とお清。

「その秘策って何なんですか？」

お高はたずねた。

「蛇含草《じゃがんそう》ですって。落語に出てくるでしょ。そば食いの話」とお冬。

「落語ですかぁ」

お高は目を丸くした。

昔、江戸に『そばっ食いの清兵衛《せいべえ》』略して『そば清《せい》』という、大食い名人がいたという。あるとき、清兵衛が信州《しんしゅう》の山道を歩いていると、大きなうわばみに出会う。うわばみは清兵衛には気づかず、仕留めようとする猟師にとびかかり、丸のみにしてしまった。

うわばみはしばらくの間苦しそうにしていたが、かたわらに生えていた草をなめると、腹は元通りにしぼむ。

「この草は腹薬《はらぐすり》だ」と合点した清兵衛は草を摘んで江戸へ戻り、そばの大食いに挑む。腹がいっぱいで苦しくなった清兵衛は見物人を部屋の外に出し、こっそりと摘んだ草をなめた。

部屋の中が静かなので、不審に思った見物人が障子を開けると清兵衛の姿はなく、そばが羽織を着て座っていた。例の草は人間を溶かす草だった……という落ちだ。

「徳兵衛の父親が医術に凝《こ》ったときがありましてね、薬に関する書物を集めていたんですよ。今でも納戸《なんど》にたくさんあるんですけど、その中に、辛《から》さを忘れる薬というのがあったそうなんです」

お清が説明する。

「本当に効きめがあるんですか」

お高がたずねた。

「どうでしょうねぇ。私は試したことはありませんけれど。ともかく、あの人はこれで大丈夫と言っています」

お清が渋い顔になった。徳兵衛の言う、秘策とはこれのことだったのだ。

大食い大会の当日となった。

相変わらずの、梅雨空である。仕事を終えたお高、お栄、お近の三人は会場となる、柳橋の料理屋川風に向かった。

控えの間をのぞくと、徳兵衛がいた。自信満々の様子で奥の方に座っている。

「お、お高ちゃん。よく来てくれたね。まぁ、ほかのやつはともかく利蔵だけには勝たねぇとな」

そう言った。

例の蛇含草をもう飲んだのだろうか。そもそも、そんな薬が本当にあるのだろうか。あるとしたら、ちゃんと効きめを確かめているのだろうか。

お高はついつい心配になる。

「そんな顔するなって。大丈夫だから」

徳兵衛に言われた。

対する利蔵はというと、廊下で煙草《たばこ》をふかしていた。禿《は》げ頭でがっしりと大きな体をしている。

このわさびの大食い大会は賞金が十両も出る。二番勝負で、最初に大きく振り落とされ、次が本選である。ともかく、わさびをたくさん食べればいいのだ。まわりを見回すと、相撲取りかと思うような大男もいれば、やせたお武家もいる。職人風に町家のおかみさんらしき人と、老若男女二十人ほどがいた。

「ねぇ、お高さん、どの人が一番になると思う?」

お近がささやいた。

「そうねぇ。あの人かな」

お高はなかで一番体の大きな男を目で示した。腕はこん棒のようだし、腹回りはゆうに人の二倍はある。

「体が大きいからって、たくさん食べられるってもんじゃないですよ。それに、今回はわさびですからね。勝負は分かりませんよ」

お栄が言う。

「じゃぁ、お栄さんはどの人だと思うの」

「あの男の人じゃないですか。あの手の顔が、辛さに強いんです」

四十代と思われる職人風の男を目で示した。頑丈そうな体つきで、苦虫をかみつぶしたような顔をしている。

「顔は渋いけれど、だからって辛いものが得意だってことにはならないでしょう」

悪いと思ったけれど、お高は笑ってしまう。

「あたしは、あの人だな。あの縞《しま》の着物の人」

お近がわざと背を向けて言う。

二十《はたち》を少し出たと思われるほっそりとした体つきの娘である。色白でおとなしそうな顔つきをしている。

「えっ、あの人？」

お高はちらりと目をやる。

「そうだねぇ。女の人は侮《あなど》れないんだよ。案外、お近が当たりかもしれない」

お栄が講釈をする。

三人とも徳兵衛が残るなどということは爪《つめ》の先ほども思っていない。そもそも、あの徳兵衛である。あまり意地を張らず、適当なところで負けてもらうのが一番いい。

広間に座ってはじまるのを待っていると、惣衛門とお蔦がやって来た。

「ああ、お高さん。ここでしたか。もう、入り口の方はすごい人なんですよ。大人気ですねぇ」

惣衛門はおだやかな表情を浮かべている。

「今日はなんとしても、徳兵衛さんの晴れ姿を見てやらなくちゃね」

お蔦はうれしそうにしている。

「あ、もへじ。ここだよ、ここ」

お近が手をふって呼ぶと、もへじがやって来た。

「いやぁ、楽しみだなぁ。辛いものを食べたとき、人はどういう顔をするのか、本気の顔が見られますからねぇ」

もへじも期待を隠さない。

やがて立ち見が出るほど広間は人でいっぱいになった。だが、お清やお冬、お種の姿が見えない。

「ああ、お清さんもうちのかみさんも来ませんよ。心配で来られないんですと。家で待っているそうです」

惣衛門が言った。

太鼓が鳴って一番勝負がはじまった。

「一の組」

行事の声で、ずらずらと十人ほどが出て来て、一列に並んで座った。先ほどの相撲取りのように体の大きな男とお近が推したやせた娘がいた。徳兵衛と利蔵の姿はない。

それぞれの前に膳が運ばれてきた。皿の上にはわさびをたっぷりと塗ったかまぼこが五切れのっている。

「はじめ」

合図の声で十人は、いっせいにわさびを塗ったかまぼこに手をのばす。

大男がさっと手をのばし、すばやく口に押し込んだ。その途端、うっと頬を膨らませて目を白黒させる。脂汗を浮かべて、飲み込んだ。

一度口に入れたものは飲み込まなくてはならないというのが決まりで、それができないときは失格だ。

大男の隣の職人風の男が早くも脱落した。

その隣のおかみさんらしい女も、顔を真っ赤にし、目をむいて苦しそうにしている。

やせた娘だけが、おいしい菓子でも食べるようにたいらげていく。

「いやぁ、あの娘さんはすごいですねぇ。わさびの辛さを感じないんでしょうか」

惣衛門が手放しで感心している。

「舌がないんですよ」

お栄が意地の悪いことを言う。

「なんだか、思ったのと違う。見ていて楽しくないわ」

お高はふと、もらした。

「そうかなぁ。面白いよ」

お近はけらけらと声をたてて笑っている。

もへじはといえば、真剣な面持ちで筆を進めている。

お高が最初考えていたのは、店に来る男たちの多くがそうであるように、山盛りのご飯や汁や魚をもりもりと食べて、その気持ちのよい食欲に驚いたり、感心したりする会だった。

ところが、目の前の光景は違った。

言ってみれば、我慢大会。苦しむ様子を見て、喜ぶのだ。

「二の組」

ここで徳兵衛と利蔵、お栄が目星をつけた職人風の男が出て来た。徳兵衛は自信満々の様子で、惣衛門やお蔦、お高の姿を見つけて目で合図を送ってきた。

同じく、わさびをのせたかまぼこが運ばれて勝負がはじまった。

「はじめ」

いっせいにかまぼこに手をのばす。

職人風の男はたちまち咳《せ》き込んで、すぐに失格。利蔵は「うっ」というように目を閉じた。が、次の瞬間、目を見開くと、猛然とかまぼこに食いついた。

「あゝいうのを、親の仇《かたき》のようだって言うんだろうかねぇ」

お蔦が感慨深げにうなずく。

徳兵衛は一瞬、辛さに目をむいたが、そのまま二度、三度と嚙《か》むと、ごくんと飲み込んだ。「こんなもん、朝飯前だよ」という顔で、惣衛門たちに合図を送る。

「おお、早いですねぇ。徳兵衛さんにこんな特技があったなんて知りませんでしたよ」

惣衛門がしきりに感心する。

「まったくですよ。秘策があるって聞いたけど、あったんですねぇ」

お栄も驚きを隠さない。

「この分じゃ、いいところまで、いけるんじゃないかねぇ」

お蔦も身を乗り出す。もへじは口を真一文字に結び、食いつくような目でながめて絵にしている。

本選に残ったのは十二人。徳兵衛に利蔵、あの細い娘も入っている。

これから競うのは早さと量である。

徳兵衛たちが席につくと、膳が運ばれた。皿の上には握り寿司が十貫のっている。それ

を見た観客からどよめきが生まれた。酢飯は形だけで、その上に分厚くわさびがのってい
て、申し訳のように白身魚の切れ端がある。
「いやだわ。こんなの」
お高は思わず声をあげた。
「まぁまぁ、お高さん。これは座興ですから」
お栄がたしなめた。
――だって、どう考えてもおいしくないじゃないの。食べ物っていうのは、おいしく食
べてこそなのよ。あんなの、どうせ全部食べられないわ。捨てられちゃうのよ。
言いたいことはたくさんあったが、さすがにこの場では言葉にできない。立ち上がろう
としたら、お栄が袖《そで》をつかんだ。
「だめですよ。お高さん。徳兵衛さんを見届けなくちゃ」
「そうですよ。お清さんを取り合った利蔵さんと張り合って、一世一代、男の意地を見せ
ているんですよ。それを見届けてあげなくっちゃいけませんよ。お高さんがいなくなった
ら、徳兵衛さんもがっかりしますよ」
惣衛門に言われてお高は座り直した。
徳兵衛は寿司にがぶりと噛みついた。途端にうっと詰まって目を白黒させたが、すぐに
平静な様子に戻った。

利蔵はおっかなびっくり、端の方を食べている。

しかし、さすがにこの寿司はやりすぎだったようだ。

「うわぁ」

端にいた男が、突然、大声をあげたと思ったら、部屋の外に駆け出していった。その隣のおかみさん風の女が目を回して倒れた。店の男衆があわてて駆けより、女を抱えて部屋を出ていく。

とんでもない騒ぎになってしまった。

「これは、なんていうか……、ちょっとひどいねぇ」

さすがのお蔦も顔をしかめる。

やせた若い娘だけが、変わらぬ様子で、すしをひとつ、ふたつと食べ進む。もへじは夢中で筆を走らせる。このふたりだけが、別の世界にいるようだ。

一貫を食べ終わった徳兵衛は、にんまり笑うと、利蔵に言った。

「ざまあみろ、利蔵。俺は一貫、食べ終わったぞ。お前はなんだ、なめているだけじゃねえか」

「なに言ってやがんだ。こんなもん。お茶の子さいさいだ」

利蔵は言い返し、手に持った寿司を口に押し込む。

必死の形相で嚙みしめる。

その途端、胸を押さえてかがみ込み、店の男衆に支えられて部屋を出た。

それを見た徳兵衛がにんまりと笑う。その笑いを顔に張り付けたまま、後ろにどうと倒れた。

「これは、大変なことですよ」

物衛門が腰を浮かせ、お蔦とお高、お栄、お近が立ち上がる。まだ筆をとっているもへじをおいて、座敷を出た。控えの間に走っていく。

気を失った徳兵衛はそのまま戸板にのせられて家に戻ることになった。

升屋では、お清が医者を呼んで待っていた。医者の手当てがよかったのか、ほどなく徳兵衛は目を覚ました。

「蛇含草は途中までよく効いたんだけどなぁ。なんでだろう」

のんきなことを言う。

「こうなるんじゃないかと思っていたんですよ。あの人が戸板にのせられるのは、これで二度目。その前は房総《ぼうそう》にたけのこ狩りに行って、腰を痛めたときですよ」

お清はほっとしたのか、呆《あき》れたのか、分からないため息を何度もついていた。

三

お高たちはそこで升屋を辞した。

惣衛門とお蔦と別れ、お栄とお近も家に戻っていった。

徳兵衛のことは一件落着となったが、お高の気持ちは晴れなかった。

――行くんじゃなかった。あんな気持ちの悪い見世物。

胸のうちで誰かがそう言っている。

おまけに天気が悪い。雨は相変わらずしとしとと降っていて、蛇《じゃ》の目傘をさしていても雨粒が肩に落ちて着物が湿っぽい。地面はぬかるんで歩きにくいし、足袋《たび》も汚れた。

――ああ、なんだか、くさくさする。

気づくと、川沿いの道を歩いていた。連日の雨で水かさが増した川面《かわも》は、茶色の水が勢いよく流れている。

人がいないのを見計らって、川べりに立って大声で叫んだ。

「いい加減にしろぉ。あんなの大食いでもなんでもないいじゃないかぁ」

声に驚いて羽を休めていた都鳥《みやこどり》が飛び立った。

少し気持ちがすっきりしたので、川沿いの道に戻ろうとしたら、男が立っている。

草介だった。

「どこのやさぐれ女が叫んでいるのかと思ったら、お高さんじゃねぇか。どうしたんだよ」

「どうもこうもないわよ。今日は、徳兵衛さんが出るからって、わさびの大食い大会に行ってひどい目にあったのよ」

「柳橋の川風だろ。俺もおふくろに行くように言われてたんだ。だけど、玄関に立派なわさびがたくさん生けてあってさ、それ見たらやりきれない気持ちになって帰ってきた」

「そうでしょ。そうなのよ。ねぇ、聞いてよ。本当にひどい話なんだから」

お高は思わず草介に駆け寄った。

「いいけど、長くかかるのか。その先に茶屋があるから、入ろうぜ」

よしずがけの客のいない茶屋に入った。

「だから、私はうちの店に来る人たちみたいに、みんなが気持ちよく、おいしそうにたくさん食べるのかと思っていたの。でも、全然違ったの。まるで、我慢大会。見ているうちに、こっちがいじめているような気持ちになっちゃったわよ」

「そりゃぁ、わさびの大食いだからな。どう転んだって楽しそうなもんにはならねぇよ」

草介は呆れたように言った。

「そうよねぇ。よく考えたら、そうなんだけど」

「だからさ、そういうの見るのが辛《つら》いからって、お清さんは行かなかったんだよ。心配だったと思うけどさ。来ているのが分かったら、徳兵衛さんはよけい頑張っちまうだろ」

「それで、来てなかったのね」

「お清さんが行かないって言うから、お袋もお冬さんも行くのをやめた」

「じゃぁ、私たちも行かないほうがよかった？」

「旗振りが来なかったら、徳兵衛さんも張り合いがねぇよ。それはそれで、よかったんだよ」

「それなら、いいけど」

　お高はそう言って、団子を食べた。怒ったせいか、腹が減っていた。お高はたちまち二本食べて、草介の分ももらった。

「ねぇ、徳兵衛さんが言っていた、蛇含草って本当にあるの？　それが秘策だって言ってたけど」

「知らねぇよ。あるんじゃねぇのか」

「だけど、ほかの人は目を白黒させたり、途中で飲み込めなくなったりしたけれど、徳兵衛さんはすいすい食べていたのよ。あのままいったら勝てたと思うくらい調子がよかったの」

「何を食べても甘く感じる木の実があるって聞いたことがあるよ。その反対で、何を食べても味がしなくなる草があるんじゃないのか。まぁ、俺の考えだけどな」

「そういうことかしらねぇ」

一等になったのは、あのやせた娘だったんだろうなと思いながら、お高は茶を飲んだ。あの娘も、そういう味のしなくなる何かを食べたのだろうか。でも、もし、生まれつき、味が分からなかったりしたら、気の毒だなとも考えた。

「お高さん、わさび田って行ったことがあるか？」

草介がたずねた。

「ううん。山の奥にあるんでしょ」

「俺は一度、行ったことがある。木立に囲まれて年中ひんやりとしていて、冷たくてきれいな清水が湧き出るわさび田で育てるんだ。絶えず水が流れていないとだめなんだよ。育つにも時間がかかってさ、小さいので二年、今日、川風の玄関にあったような大きいものは三、四年ものだな」

「手間暇がかかっているのね」

「そうさ。お百姓は、おいしく大事に食べてもらおうと思うから、冷たい水に入って仕事をするんだよ。食べずに捨てたら申し訳ない。だからさ、お高さんが腹を立てるのも、まっとうなことだと思うよ」

草介がまじめな顔で言った。お高はその言葉を聞いてうれしくなった。

「そうなの。そうなのよ。私は料理人だから、どうやったらおいしく食べてもらえるか、いつも考えている。なるべく捨てるところがないようにしているし、大根の皮や魚の皮もまかないにしているの。だからね、あんなふうに食べ物で遊ぶのは、やっぱりいや。気持ちが悪い」

「分かるよ。お高さんの言うことは正しい。そうやって作っているから、丸九の料理はうまいんだよ。だから、俺は通っている」

はっきりとした声で草介が言った。お高の胸が温かいもので満たされた。分かってくれる人がいるのだ。

「そう、そうよね。ああ、一日の胸のつかえがとれた。今日はぐっすり眠れそう。いろいろ聞いてくれてありがとう」

「そんならよかった」

さらりと言って、草介は立ち上がった。

丸九の前まで戻ると、店の前に作太郎の姿があった。

「あら、どうなさったんですか」

お高がたずねた。

「いや、もへじが今日はお高さんやお近さんといっしょにわさびの大食い大会に行って、帰りは丸九に寄ると言っていたから……」

「そんな話になっていたんですか」

「違いましたか？　お近さんにそう誘われたとか」

どうやら勝手にお近が誘っているらしい。

帰りそうになる作太郎をお高はあわてて引き留めた。

「だったら、中でお待ちください。おっつけもへじさんも来るでしょうから」

厨房に入ってもらい、床几《しょうぎ》をすすめる。

「それで、大食い大会はどうなったんです？　徳兵衛さんは勝てたんですか？」

「それが、最後は倒れてしまって戸板で運ばれて家に戻ったんですよ。でもね、いいところまでいったんです。緒戦はわさびをのせたかまぼこをすいすいと食べて勝ち抜いて、本選に進んだんです。本選は握り寿司なんですが、ご飯もねたもちょっぴりで、わさびがこーんなに厚くのっているんです」

「それをみんなが食べたんですか？」

「そうですよ。もう、大変なんですよ。目を回したり、気を失ったり。徳兵衛さんも最初はよかったんですけどね、やっぱり途中で力尽きてしまった」

「そうか。それは残念だ」

作太郎は楽しそうに笑う。お高も、いっしょに笑う。

——そういう話をしたかったのだろうか。

ふと、思う。

我慢大会のようになって、じつはあまり楽しめなかったとか、料理人としては立派なわさびが、むだに捨てられることが忍びなかったという話をすべきかもしれない。

けれど、それはあまり楽しい話ではないし、すでに草介にしゃべってお高の気持ちはすんでいるわけだし。

もやもやした気持ちのまま、茶をいれた。

「もへじさんはすごかったですよ。もう、食いつきそうな顔で夢中で絵を描いていました」

「そうでしたか。前から絵筆を離さない男でしたけれど、かっぱの一件以来、心を入れ替えたと言って精進しているんです」

「……作太郎さんも、絵のほうは進んでいるんですか」

お高は正直者だ。だから、思っていることが言葉の端に出る。

作太郎は英《はなぶさ》の後始末に追われて、絵が描けないのではないか。

「そうなんですよ。あれこれと、忙しくてね」

しまった、よけいなことだったか。

——あんまり立ち入られるのもね。

ごーんと寺の鐘が鳴った気がした。

「お茶、もう一杯いれますね」

「それじゃぁ、ひとつ、お高さんにお願いしてもいいかな。私はぬか漬けが食べたい。丸九のぬか漬けは絶品だ」

「そうですか。ああ、でも、これは父から受け継いだものだもの」

「でも、毎日、手入れをしているのはお高さんだ」

お高はいそいそとぬか床から、瓜《うり》とかぶを取り出した。夜、自分が食べようと思って、昼過ぎ、店を出る前に漬けたものだ。そろそろ食べごろになっている。

「せっかくだから、とっておきの皿を出しましょう」

戸棚を開けた。置かれた桐箱に作太郎が目をとめた。

「あれ、それは……」

「これは……、その……」

作太郎は立ち上がり、桐箱をあらためた。

細筆で、「初雪　ぐい呑み六客」と書いてある。作太郎はしばらく黙り、やがてぽつりとつぶやくように言った。

「こちらに来たんですか」

「ある方が、作太郎さんの焼いたぐい呑みだから私のところにあったほうがいいだろうと。

それで、手元に置かせていただくことにしました」

「……そうですか。申し訳ありません。散財をさせました」

作太郎は悲しそうな顔をした。

「……でも、みなさん、作太郎さんのことをほめていますよ。古くからいらっしゃった女中さんや下足番の方の行き先まで、ちゃんと心配してあげている。なかなかできることじゃないって」

作太郎は答えなかった。

また、ごーんという寺の鐘の音が聞こえた気がした。

「……それは、当然のことなんですよ。そういう方たちは、体が動くかぎり英で働くつもりだったんですから」

沈黙が流れた。何か言わなければならないような気がした。

「でも、考えようですよ。作太郎さんは、これから思う存分、絵が描けるじゃないですか。いい絵を描いてください」

「そうですね。もう、私にはそれしかないですから」

また気づまりな沈黙。

「大丈夫ですよ、作太郎さんなら。私もね、父に丸九を続けたいと言ったら、お前には無理だって断られた。まわりもみんな反対して。だけど、やってみたら、案外、大丈夫だったんです。案ずるより産むが易《やす》しって言うじゃないですか。なんとかなるんですよ。前を向いていて手を動かしていれば、道が開ける。そりゃぁ、かっこいいことばっかりじゃないんです。仕事をするってことはね。叱《しか》られたり、理不尽なことを言われたり、でも、それでも……」

しまったと思った。

こんなふうに、説教じみたことを言うつもりではなかった。

──作太郎さんといっしょにいるとき、なんか無理している。一所懸命すぎる。

──重たいんだよね。

お高は黙った。顔が赤くなるのが分かった。

「すみません。よけいなことを言いました」

なんだか、ふたりで謝ってばかりいる気がする。

お高はぬか漬けを切ってすすめた。

瓜をはむ音だけが厨房に響いた。

「言ってくださいよ。それが、お高さんなんだから。以前、私に蘭の花のことを言ったでしょ。それは違うって。形だけ整っているって。誰も、そういうことを私に言わないんだ。双鷗《そうおう》先生でさえ」

「それは、みなさん、分かっているから。自分のことは、自分が一番よく知っている」

また、沈黙があった。

やがて、作太郎が晴ればれとした様子で顔を上げて言った。

「やっぱり、もう少し、何か食べたいな。腹がすいてきた」

「そうですよ。夕餉《ゆうげ》の時分だもの。冷や飯しかないから、茶漬けでいいですか。今、用意します」

梅干とじゃこ、もみのりの茶漬けに、油揚げをあぶっておろし生姜《しょうが》をのせた。それに、ぬか漬けだ。もへじたちはまだ来ない。

いつも、まかない飯を食べている台の上に並べた。

「お高さんも、ここに座ったらいいのに。ひとりで食べるのはもったいない。いっしょに食べたい」

向かい合うと、作太郎がすぐ近くになって気恥ずかしかった。

いつも、お客と店の者というふうに対していたが、今は違う。

「もっと、何かなかったかしら」

「いいから、そこに座っていなさいよ。あなたは、動かなくていいんだから」

「はい」

改めて見る作太郎は少しやせたようだった。

「子供のころから、私はあまり人に叱られたことがないんだ。父は私を特別に大事にしたから、まわりも自然とそうなった。私を本気で心配して、言葉にしてくれるのはお高さんだけだ」

お高は恥ずかしくなってうつむいた。そのとき、手にした茶碗に気づいた。

「ね、この茶碗、覚えていますか。作太郎さんが送ってくださったんですよ」

作太郎は初めて気がついたというように、目を細めた。

「そうだ。思い出した。お高さんの手にあうようにって考えながら、少し大ぶりに焼いたんだ」

「私はこの茶碗が大好きです。とてもきれいで、繊細で、作太郎さんという人はこういう人だと思っていました」

作太郎は黙って、しばらくその茶碗をながめていた。

「まったく、このころは、いい気なもんだったなぁ。自分でもそう思う。今の私は素寒貧《すかんぴん》だ。家もなくなったから、もへじのところに居候《いそうろう》をさせてもらうことにした。一からやり直しなんですよ。性根を据えて本物の絵描きになる。そうやって暮らしをたてて、少しずつ金を返して。ちゃんと、自分の足で立てるようにならなくちゃ。そうでないと、また、人に甘え、自分に甘え、お高さんにも甘えることになる……。まだ、まだ、時間がかかりそうだ……。いや、それにしても、このぬか漬けはうまいなぁ」

「そうだ。少し酒を飲みましょう。新しい、とっておきのぐい呑みがあるんです」

お高が言うと、作太郎は破顔した。

「それがいい、そうしましょう」

静かな夜で、耳をすますと屋根をたたく雨の音が聞こえた。

作太郎はお高のことを気にかけてくれているらしい。自惚《うぬぼ》れを承知で言えば、好いてくれているのかもしれない。

けれど、その想《おも》いは、きっとまだ、あやふやで不確かで、明日になったら消えてしまうような淡いものだ。作太郎はやっと自分の道を歩きはじめたばかりなのだから。

いつか……作太郎が本物の絵描きになって……。

いや、そんな先のことを考えるのはよそう。今、目の前に、手の届くところに作太郎がいて、いっしょに飯を食べている。ほかに何を望むことがあるだろう。

とろりとした酒の酔いが体を包み、お高は幸せな気持ちに包まれていた。

雨の音がまた強くなった。

お高の料理指南

九蔵思い出のまかない飯、小竹葉《おささ》豆腐

市販の焼き豆腐でもよいですが、ひと手間かけて、木綿豆腐を焼くところからつくってみてください。おいしさが違います。

【材　料】（1～2人分）

木綿豆腐……1丁
かつおだし……1／2カップ
しょうゆ、みりん……各大さじ1
卵……1個
粉山椒……お好みの量

【作り方】

1　木綿豆腐は網焼き、またはトースターで両面をこんがりと焼き、焼き色をつける。
2　鍋にかつおだし、しょうゆ、みりんを煮立て、1を大きくちぎって入れて煮る。
3　溶き卵を回し入れ、半熟になったら火を止め、器に盛りつけ、粉山椒をふる。

かますの寿司

新鮮なかますが手に入ったら、ぜひお試しあれ。豊かな味わいで、お酒がすすむ一品です。

【材　料】（2〜4人分）
かます……2〜3匹
昆布……10㎝角
ゆず（薄切り）……1個分
しょうが（薄切り）……1片分
酢……約1／2カップ
酢飯……適量

【作り方】
1 かますは背開きにし、両面に強めの塩をふって冷蔵庫で30分以上おく。水分が出たら塩を洗い流し、水気をふく。
2 バットに昆布を敷いてかますをのせ、ゆずとしょうがをちらし、酢を注ぐ。かます全体が浸るようにラップをかけ、冷蔵庫で1時間ほどおく。
3 巻きすにラップを敷き、汁気を拭いたかますとすし飯をのせて巻く。
4 形を整えて食べやすく切って召し上がれ。

＊かますは2のあと、軽くしょうゆを塗ってトースターなどであぶってから3に進むとさらに香ばしい。
ゆずの代わりにすだちなどの柑橘を使ってもおいしくできます。

本書は、ハルキ文庫のために書き下ろされた作品です。

時代小説文庫
な 19-6

ねぎ坊《ぼう》の天《てん》ぷら 一膳《いちぜん》めし屋《や》丸九《まるきゅう》（六）

著者 中島久枝《なかしまひさえ》

2021年10月18日第一刷発行

発行者 角川春樹

発行所 株式会社 角川春樹事務所
〒102-0074 東京都千代田区九段南2-1-30 イタリア文化会館

電話 03(3263)5247［編集］ 03(3263)5881［営業］

印刷・製本 中央精版印刷株式会社

フォーマット・デザイン＆シンボルマーク 芦澤泰偉

ISBN978-4-7584-4440-8 C0193

http://www.kadokawaharuki.co.jp/［営業］
fanmail@kadokawaharuki.co.jp［編集］ ご意見・ご感想をお寄せください。